华文微经典

中国微型小说学会
世界华文微型小说研究会
主持

老羊

芒果飘香的时候

四川出版集团 四川文艺出版社

图书在版编目（CIP）数据

芒果飘香的时候 /（泰）老羊著. -- 成都：四川文艺出版社，2013.2
（华文微经典）
ISBN 978-7-5411-3654-2

Ⅰ.①芒… Ⅱ.①老… Ⅲ.①小小说－小说集－泰国－现代 Ⅳ.① I336.45

中国版本图书馆 CIP 数据核字（2013）第 031591 号

华文微经典
HUAWEN WEI JINGDIAN

[世界华文微型小说经典]

芒果飘香的时候
MANGGUO PIAOXIANG DE SHIHOU

[泰国] 老羊 著

选题策划	时上悦读	
责任编辑	奉学勤	
封面设计	所以设计馆	

出版发行	四川出版集团　四川文艺出版社	
社　　址	四川省成都市槐树街 2 号	
网　　址	www.scwys.com	
电　　话	028-86259285（发行部）　　028-86259303（编辑部）	
传　　真	028-86259306	
读者服务	028-86259293	

印　　刷	北京山华苑印刷有限责任公司
开　　本	650mm×920mm　1/16
印　　张	13
字　　数	120 千
版　　次	2013 年 4 月第一版
印　　次	2014 年 1 月第二次印刷
书　　号	ISBN 978-7-5411-3654-2
定　　价	35.00 元

华文微经典

作者简介

　　老羊，原名杨乾。1924年出生于泰国，祖籍广东潮安。曾任泰国华文作家协会秘书和理事，现任顾问。

　　自幼至新加坡读书，1947年新加坡华侨中学高中毕业，后至香港读大学。多年来在泰国华文报工作，现已退休。20世纪80年代回归文学队伍，已出版著作有：《花开花落》《寻梦》《薪传》《老羊文集》《桥》等。1988年和1989年曾与司马攻、梦莉、年腊梅、白翎等八人合著出版了《清风吹在湄江上》《尽在不言中》；2005年和女儿合著《淡如水》，2008年合著微型小说集《迎春花》，2009年再合著诗集《红·黄·蓝》。

前言

　　有人曾说，地不分东西南北，凡有人类生活的地方，就有华人的身影。话虽有玩笑的成分，但当前华人遍布世界各地，却也是不争的事实。扎根世界各地的炎黄子孙，他们的生活状况如何？他们的情感世界怎样？他们的所思所想何在？……要找到这些答案，阅读他们以母语写下的文字无疑是最好的方法之一。诚然，并不是有华人的地方就有华文创作，但在一些主要的国家和地区，华文创作几十上百年来一直薪火相传所结出的果实，显然也是令人瞩目的。遗憾的是，因为多种原因，国内的读者多年来对海外的华文创作了解甚少。尤其对广布世界各地的华文微型小说这一重要且具代表性的文体，更只是偶窥一斑而不见全貌。"华文微经典"丛书的出版，可谓弥补了这一缺憾。

　　海外的华文微型小说创作，主要分为东南亚和美澳日欧两大板块。两大板块中，又以东南亚的创作最为积极活跃，成果也更为突出。东南亚华文微型小说创作兴起于二十世纪八十年代初，各国在时间上又略有先后。最早开始有意识地从事微型小说的创作，并且有意识地对这一新文体进行探索、总结和研究，而且创作数量喜人、作品质量达到了一定艺术高度的，是新加坡和马来西亚；稍后于新加坡和马来西亚的是泰国，再后是菲律宾和文莱，再后是印度尼西亚。在发展过程中，各国的创作曾一度因具体的历史原因而存在较大的差距，但这一状况在近十年来正日益得到改善。

美澳日欧板块则因创作者相对分散，在力量的聚集上略逊于东南亚板块。不过网络的发展正在弥补这一缺憾，例如新移民作家利用网络平台对散居各地的创作进行整合，就已显现出聚合的成效。

新移民的创作是海外华文微型小说创作中近十多年来涌现出的一股新力量。尤其是近年来随着作家对当地文化和生活的日渐融入，其创作已日渐呈现出新视野，题材表现也开始渐渐与大陆生活经验拉开了距离，具有了海外写作的特质。

以上是对海外华文微型小说发展的一个简单梳理，而"华文微经典"丛书的出版，正是对这一梳理的具体呈现（为避免有遗珠之憾，丛书也将有别于中国内地写作的港澳地区的华文微型小说写作归入其中）。通过系统、全面、集中的出版，读者不仅可以得见世界范围内华文微型小说创作风姿多样的全貌，更可从中了解世界各地华人的文化与生活状况，感受他们浓郁的文化乡愁，体察他们坚实的社会良知，深入他们博大的人文关怀，触摸他们孜孜不懈的艺术追求。书籍的出版是为了文化和文明的传播与传承，我们希望这一套丛书能实现一些文化担当。我们有太长的时间忽略了对他们的关注，现在是校正这种偏差的时候了。这也正是丛书出版的意义和价值之所在吧。

目录

"闷杀"以后……1

纯属巧合……4

网为媒……6

好朋友……8

出气沙龙……11

尊称……13

海中捞针……15

迎春花……18

无从解释……21

重新构思……23

谁懂谁不懂……25

心中一句话……27

宇宙级……29

返老还童……32

老人与榕树……35

对？ 不对？……38

勾起……40

云彩……42

往者往矣……44

旧衣曲……47

甜……49

机票……51

笔洗……53

学费……56

守时动员会开幕礼……58

爱海……60

今夜又是好月亮……64

碑石……69

小梅……73

喜遇 "笨蛋"林万里……76

旧歌浓情……81

雨中艰险的山路……85

小夜莺……87

英姐……91

考试……96

被弃的《生命之旅》……101

春风桃李……106

头奖后遗症……112

缠放泪……117

笔筒……122

余韵……127

天顶一粒星……131

考试弦外音……133

花儿谢了明年还是一样开……138

不如归……144

他日太空减肥……148

夜街一角……149

芒果飘香的时候……152

曲成泪溅《卖花词》……154

3

废话学会会长辞职······158

废话何以不废······161

敬请庞博士任顾问······163

喜讯······165

大头舍减肥······167

大头舍重金再聘我当秘书······170

济济闯祸······172

小精灵窃鞋······175

附录······177

"闷杀"以后

　　我一肚子气，想不到让老白几句话就冲洗得七七八八了。

　　爱下象棋的朋友们知道，杀局中有一种叫"闷杀"的，把"将"或"帅"活活闷死在宫中。我这回就像被人"闷杀"一样可怜兮兮的。事情是这样的：我近日写成了一首诗，今天在报上刊出来。我当然很高兴。可这高兴持续不到五分钟，便被诗中出现的几个错字撞击得粉碎——活活把我"闷杀"。

　　就在这个关键时刻，老白幽灵似的来到我的跟前，见状问我：

　　"你怎么啦？气成这样子……"

　　"你看！"我把墨味还刺鼻的报纸摊在桌上，让他读读我的"大作"。

　　老白读得十分认真。然后说："这诗很好嘛！"

　　"好你的……"于是，我请他读读错字多的一段：

十分想你，想你

红红脸龙，黑油油

改发，烟云缭绕

淡淡香味，禁起

透明青梦

"很好嘛！写得真棒！"老白就是这性儿，他一点儿也不帮我出气。我急得想踢他一脚，却忍住了，说：

"你是真的傻还是装傻？短短五行诗句，就错了四个字，你说，是可忍孰不可忍？"

"怎么回事？错这么多？"

我压下性子，逐句给他指出来：

第二句，"红红脸龙"，"脸庞"错成"脸龙"，糟透了！第三句更离奇，"散发"，错成了"改发"，我的天！烟霭居然会改人的头发！最后两句，你看，"焚起"，变成了"禁起"，"禁"什么、"起"什么呀？"透明清梦"，却又成为了"透明青梦"，梦有青色的吗？……

我想老白一定会受我感染而暴跳如雷，哪知他依然无动于衷，似笑非笑地说：

"你气什么？我说呀，错得太好了！正是这些错，把你这首诗的气质与内涵，以及造型美、音乐美等，都提高了。

'脸龙'是什么意思，谁管得着！'红红脸龙'，那含义，要多深有多深。至于'改发'和'禁起'，多美的词汇！而梦的颜色，古人早就说是有的，黑色的梦、桃色的梦并不少见，你写上'青梦'，岂不又另有新意……"

我正想奋起驳斥，老白又说了：

"我说呀！再过几十年几百年，后人读到这些妙句，够一些专家忙碌的。那时候，会有一篇又一篇的专题论文出现，'脸龙探索'啦，'改发佳话'啦，'梦之青'一论二论三论啦……"

这一来，果然把我的闷气扫除了好多。接着，他说：

"李商隐一句'锦瑟无端五十弦'，至今人们还在疲于探索、考证、试解。你又何必为那么几个字词发急呢？"

亏得在这关键时来了个老白，把差不多要把我肚子爆裂的闷气，用一席话冲洗得几乎尽消。

纯属巧合

"先生，请坐。你找我，有什么事吗？"

"编辑先生，我是到楼下来领稿费，顺便上来拜访你的。这是我的名片。"

"太好啦！我正想写信提醒你，以后写文章，千万不要再抄袭了。"

"什么，我抄袭？谁说的？"

"我收到两位文友的信，都提到你……"

"提到我什么？谁写的信？"

"没有必要告诉你谁写的信。重要的是所提的是不是事实……"

"什么事实不事实！你不说，我也知道是哪些王……哪些人写的！你知道吗，编辑先生，咱们这个城市这么大，就是有那么几个……几个人，专门在跟我过不去。说到底，就是眼红。那几个家……那几个人，看我拿的稿费多，看我出了名，恨我恨得要死。写信来败坏我，真是不要脸！"

"请你别太冲动。来信的文友，不是你所说的那样。他们出于好意，热心维持我们文坛的纯洁，也出于好意要你知错能改……"

"我一点儿也不冲动，我是受不了。我知道，那些王……那些人吃得太饱，专门制造是非。编辑先生，你何必相信他们呢？"

"我怎能不相信？来信所提，有证有据。再说，我自己手头就有如山铁证——这一篇，请你仔细看看。你写的，不会错吧？昨天收到，我读了第一段，猛然想起曾经在什么地方读过，好像是香港出的一本文艺刊物中登载的。我耐心地查阅，终于查出来了。请看看，是这一本登载的，题目是《那棵高高的椰子树》，你这篇是《那一棵高的椰树》。内文呢，除了开头一段有一句不同和结尾摘用的几句老歌的歌词不同，其他完完全全相同——你有什么可解释的？"

"编辑先生，你没有看到我稿子后面的按语吗？"

"按语？你等等，我看清楚一下，哦！哦！'本文是文艺创作，如有别篇雷同，纯属巧合。'——我的天……"

网为媒

　　与爱妻花云裳分手，转眼已一年多，华贤君越来越后悔。当初何必为了她爱花钱买名贵化妆品而动了真气？又何必一气之下贸然提出离婚？数年恩爱付之流水，两岁女儿跟妈妈去了，贤君空房独处，越来越感到单身的难熬。友人不止一次劝他再娶，他不听，他感到对妻子负疚。

　　整整一年，贤君四处探问花云裳的下落，就是渺无音讯。仿佛听说她回娘家后，全家移民去了美国。

　　为了填补生活上的空虚，贤君化名韦杰，在网络上交友。命运之神让他交上了一位女士，自称玛丽，二十五岁，跟韦杰一样遭受离异后孤寂的折磨。两人互相同情，互相慰藉。既然同住在曼谷市，韦杰终于提出晤面。

　　依约定时间，韦杰手执一束康乃馨，走上约定的酒楼。上得楼梯，四下张望，一个穿玫瑰色上衣、黑色裙子的女郎正凝视着他。四目相对，不约而同怔住了。韦杰略一迟疑，急步上前，女郎起身相迎，一个说："云裳——是你，你是玛丽！"一个说："贤君——你，就是韦杰！"

云裳回娘家后，其实没有去美国，只是放出了这样的消息。搬了家，也没告诉任何人她的新住处。

这一年多来两人所受的郁闷，终有机会细诉。此时贤君问的第一句话是："女儿呢？"云裳答："上了幼儿园……现在，先回我家吧！"

好朋友

当酒会主人起身向前来曼谷洽谈生意的港台新马等地客商敬酒时，浩文禁不住对一位满头白发的港商望了又望：此人似曾相识，一时想不起在哪里见过。向主人细声询问，答说那人姓陈名希亮。一听此名，却是不识。

从上汽车到走进家门，到冲了凉踏入卧室，浩文想破脑袋，就是想不出为何此人如此面熟。

翌日，浩文终于获悉，港商陈希亮是从泰国移居去的，以前名叫喜存。

浩文专诚到喜来登酒店拜访陈希亮。寒暄过后，浩文单刀直入，说道：

"那天酒会，我一眼就认出你是喜存。不知你可还记得我这个好朋友？"

"记得。"希亮回答，并不激动。

"记得就好！记得就好！我今天特来叙老交情……我想——理清数……"

"数？我们之间会有未清的数吗？"

"噢！噢！是这样……那年我向你借过一点钱，记得吧？"

"有这回事吗？"

"我想，我想……虽是事隔卅年，也得理清楚——这张支票，请收下！"

希亮没有伸手去接，也不说话。浩文持支票的手，悬着。

希亮开口了，神情严肃，语声低沉：

"你说的这卅年前的事，却是只记得事情的前半，后半你忘了。当你向我要钱扩展生意时，我曾尽我之所能为你筹了一笔款。后来呢，你忘了？"

这"后来"，希亮没细说。浩文心知肚明。当年的事是：希亮被一个欧洲骗子害得生意输光，几至剩下赤身一条的他上门请浩文伸出援手，其实是要回所借出的十二万，然而浩文一直躲避不见面。

浩文仍在思谋怎样让希亮收下支票，又听到像重锤击在心上的说话：

"那时候，十二万是给我的救命仙丹，价值岂止现今千万？那时候，给我一个番薯胜过此时请我吃鱼翅燕窝。你现在拿这张支票给我有什么意思？这张支票能把你的心灵洗干净吗？……你有没有想过，如果我不是得到别的朋友的帮助去了香港，天幸得有今日，你会记得好朋友吗？……要我说，你我没有账可算，若要算，永远算不清。你既然早已忘记，此数还是继续忘记下去的好。"

……

浩文回到家中，妻子问："你喝醉啦？"

出气沙龙

财财灵机一动，集资创办了一爿商店，专为有气要出的人服务。店名"出气沙龙"。

店内备有卡拉OK，各种瓷器，各式各样的玻璃制品，形形色色的厨房用具、餐具，大大小小多种多样的球类，琳琅满目的新旧乐器，还有大刀、长剑以及装有子弹的长枪短枪。林林总总，令人目眩，数也数不清。

店后有一小圆场，供顾客进入尽情出气。顾客可以在这里狂喊猛跃，可以凶狠地向塑料人体大砍大刺，可以任意抓起什么器皿大摔特摔……简而言之，可以为所欲为，只要能出气。

服务条例写明，顾客提出要出什么气，要选取什么东西助以出气，经店方打价，顾客付款后自行取用。

财财万分得意：此门生意，乃一大发明！

择吉日开张。前一两天业绩平平，收入却也尚可满意。

第三天开门营业不久，第一个上门光顾的是个红脸大汉。他问："报仇出气何价？"

"你要报什么仇出什么气？"

"报横刀夺爱之仇，我要杀人出气！"

"行！这里有人体模型，男男女女，老老少少，你自己选吧！"

"我要真的人，活的人！"

"这个嘛……"

说时迟，那时快，红脸大汉一个箭步走向剑架，伸手抽出一把闪亮的长剑，喝道："现在就杀你！！"

财财脸色大变，慌忙转身，抢出店门，惶惶如丧家之犬。

尊称

贝君来电话，要我抽点时间去帮他写请帖，说我的文章虽然不行，毛笔字倒还可以见得人。

我按约定时间到贝君任职的同乡会。他带我到一个没人会来打扰的小房子里，指着桌子上一沓复印好的请函和一沓信封，又指着一本簿子，说："照着里面的顺序抄上信封和请函，把请函装进信封。装好一个再写一个，以免函和信封对不准，张冠李戴，闹出笑话来。噢，茶在这壶中，你自己动手好了。"说毕，转身走出房子公干去了。

环境清静，是个绝好的写字地点。同乡会将举行会员歌唱比赛，报名参赛的有六十二人。就我所知，有好些位是泰国知名歌唱家，看来必是盛况空前，怪不得请的贵宾特别多。

好不容易书写完毕，周身酸痛，骨头欲裂。正躺在沙发上闭上眼，贝君进来了，发现大功告成，立即把我拉起来："今晚我请客！"

饭饱酒足，回到家中，一觉醒来，日已近午。

电话铃声大作。一接，又是贝君。我没好声地说："不是写完了吗？"

"再抽点时间来一下好吗？有一二十封必须另写……"

我忍住气，问："你有无搞错？……"

"你来吧！电话讲不清楚的。"

到了同乡会，贝君把一小沓请函塞到我手里："你自己看，有错没错？"

我一封一封查看，左看右看，越看越是没错，便问："有什么错呀？"

贝君把函件接过去，信手抽出一封，念："黄编辑可先生"，再抽出一封，念："古内记武全先生"，又抽出一封，念："老先生唐……"

我立刻申辩："怎么？不是照你的指示：姓氏—头衔—名字。错在哪里？"

"算啦算啦！"他摇头，"我自己来补，你昨天已经做得够累了。"

回到家中，我想了又想，老是想不通。董事长杨奇才先生，称为杨董事长奇才先生，总经理白小胜先生，称为白总经理小胜先生……古武全是个内地记者，称他古内记武全先生又有什么不妥呢？老唐先生没有什么职位和头衔，当然得尊为"老先生唐"了。不这么称，又该怎么称他……

海中捞针

信

区兄：

来信收到。我一家安好，免念。

令爱护照已经办好签证，那么，行期必定不远。你可放心，我会好好照顾她。届时请来电话告知航班，我当前往机场候机。我虽没见过她，但我可以准备一块小纸牌，写上她的名字："区金玲"，在旅客出口处等着她。我会把你寄来的令爱半身照带去，包管不至于接错了人。

祝

安康

关大成上

电话

"哈啰！哈啰！"

"喂！喂！"

"你是区兄？我是大成……我想告知你，我没有接到你的女儿……你请别着急。我足足等了一个上午……我到机场办事处查过，有'区金玲'这个名字……可我真的没接到，或许她从另一个门出了机场……你别急，我想她有我家的地址，会找到我的……好，好……"

信

区兄：

提起笔，觉得有千斤重，不知该怎样写……

令千金一直没来找过我，我一直在惦念着她，却一直不知她的下落。

我们这城市也太大，没地址，没方向，找一个人恰如大海捞针。

可当我无意中得知令爱的下落时，却又令我惘然。我极不想告知你，却又不能不告知你，或许，早告知比迟告知更好。

昨天，一个朋友向我大吹特吹他的夜生活如何丰富多彩，如何香艳风流。说着说着，拿出几张照片让我看："漂亮吗？新近从内地来的……"

我接过手一看，不觉大吃一惊，其中有一张，竟然像她——你的女儿。急忙到房中书桌抽屉中找出你寄来的照片，对一对，丝毫不错：同一个人。

区兄，趁此时还下海不深，及早叫她回去吧！

祝

安康

关大成上

迎春花

春的脚步声，在他脑中轻轻地响着，渐响渐近。

可此时他所住的新村中，却丝毫未显露新春即将来临的气象。

他多么想到唐人街走走，看看春节前备办年货的汹涌人潮，听听人们见面时提前互相祝贺："新年发财，新正如意！"……遗憾的是脚已不良于行。

离休后，他越来越感到寂寞。从汕头回曼谷定居以来，更是倍感寂寞，有时甚至有度日如年之感。此刻，他搁下手中的唐诗，伸伸懒腰。

后厅飘过来潮剧《扫纱窗》悠扬婉约的声音，虽然已听过不知几百次了，此时此地，竟然令他心灵一震，接着似醉似痴，整个身心仿佛蓦地掉进了历史的时光隧道……

当年在汕头，他投身潮剧改革的洪流，把整个青春献给了潮剧。潮剧艺术新葩焕发的异彩，其中有着他的热汗，他的心血……回首往事，他无悔，他自豪。然而不知怎的，此时录音机播放出来的潮曲，突然勾起了当年他执导新潮剧的某些情景。

他对待工作一向认真严谨，几乎到了一丝不苟的程度，有的时候，严得简直是在折磨人。为了一段念白，或是一个台位、一个细节，他不厌其烦地改排再改排，直至他认为满意……数十年后的此时，他依然记得见过几位女演员脸上闪着泪光，依然记得听过她们的暗泣……

往事一幕又一幕，在他眼前滑过。他偶然一瞥对面墙壁大镜中映出他满头银丝，不知从哪冒出来一个念头："是不是该找个时间，跟她们讲清楚呢？"

老妻两次来催他去用午餐，他完全没反应。

女儿回家，从信箱中取来给他的几封信，都是远从汕头寄来的。

一张张贺年卡，色彩鲜艳，春意盎然。

逐一读着贺词，欣赏图画，微笑着又陷入沉思。

老妻又来催他去吃饭，见到他脸上依稀有泪花，忙接过他手中的贺年片，戴上老花眼镜一一细看。有一张是几个人联合署名的，都是她熟悉的潮剧名花旦名乌衫（青衣），而今，均已过了"知天命"或"耳顺"之年，早都退休了。退休前的职位，有当导演的，有任剧团团长的，有做专管潮剧工作的文化局局长的……

有一张贺年片的祝词与众不同，写着："致以崇高敬礼！"背后附有小字，表示了无限感激之情——感激他当年的严格教导。

怔怔地望着他脸上的泪花，她脸上眼镜的镜片后面，也绽开了泪的花。

无从解释

今年春节联欢，比往年热闹得多。百余桌宴席，席席无虚座。刚换装的一套音响设备，播出如雷贯耳的打击乐，混合着歌声、谈笑声、杯盘叮当声，构成雄浑的贺新春交响乐曲。

大会进行如仪，理事长致辞，理事讲话。在震耳的歌声乐声中开席，接着是一潮比一潮高的抽幸运奖。我这个司仪也荣幸地颁发了几件令人开心的奖品，得奖者快乐，发奖者的我也快乐。奖品颁毕，接着是举行敬老仪式。主席上台，敬请年届七十五岁的高龄会友上台受敬。

忙了一阵，台上一字儿排着的十只椅子刚刚坐满。大会主席询问清楚之后，让我记上名字和年龄，然后向在座众宗亲宣布，接着全场起立，乐响，台上台下举杯："请猜！哟！"于是坐下，主席敬送赠品。第一位，第二位，到第三位，我突然怔住了。刚才宣读名单时，我为何一点也没想到有什么不对劲？此时，我几乎高声喊出："不！你没有资格受尊敬，即使活到一百岁，也不行！"然而，我最终还是用最大的力气把要冲口而出的话压了回去，而且竟然能强撑着继续司仪至敬老赠品送完毕，没有因我一时冲动而破坏了联欢会的气氛。

走出宗亲会，坐在回家的车中，妻问："你怎么啦？脸色很不好。"

"把敬老赠品给了九指半……"

妻猛然一震："噢！那个把七老叔十六岁孙女强买去做第五姜的死人精？"

"你知道他是怎么发财的？人说是走白药……"

"为什么给他赠品？那个老不死，值得尊敬吗？"

我默然。我知道越解释只能使她越不解。

重新构思

从小公车好不容易挤出门，下车后突感身上仿佛缺少了点什么。用手按按上衣袋——天！钱包不见了。

说起这个钱包，里头钞票并不多，丢失也就算了。有好几张自己的和别人刚送的名片，也不太可惜。噢，有一张领稿费单，数目不大不小，就算作已经领取去喝了咖啡得了！——唯是一张公民证，丢失了得去报案补领，不能不花点时间。

报了案，再隔一天就领到新公民证。现在手续比以前简便很多，前后一个钟头，便办理完毕。

再隔一天，我到报社找文艺副刊老编。耐心听我口沫横飞地讲完钱包遗失以及补领公民证的经过，老编即时给我补发了稿费单，于是谈到而今人心不古。两人同声慨叹，古时有人拾到一袋黄金，耐心坐待失主来寻，如今一个钱包也有人贪……老编说，你就此事写篇杂文吧！——向你特约。

答应了老编，就算再忙也得挤出时间来挥毫。冲好咖啡，端坐桌前，提起笔，写道：

"自幼读书，读过不少拾金不昧的感人故事。可是现今的社会，出现的却是截然不同的现象。人心越来越贪。连一个小小钱包，也有人把它从我的衣袋中取走。试想，拾到一袋黄金，还不赶紧提回家去……"

正暂搁笔享受一口浓咖啡，大门门铃响了，出去一看，邮差送来一个挂号小邮包，我急急签了名，急急打开一看，真不敢相信自己的眼睛！——钱包！丢失了的钱包！打开钱包：公民证等俱在！

略一思索，急忙给老编去电话。我跟他说："所约文章，待重新构思。"

谁懂谁不懂

"这回他若再那样毫不留情地挥舞大刀，把非登不可的一系列芳名大砍特砍，我一定要对他不客气。辩论也好，吵架也好，动武——看看再说……"

思虑再三，觉得实在有必要进行一次强硬外交。

新闻编辑我见多了，直接打交道的也不下十位，偏偏就这位姓麦的，特别古怪，从不理我写的文字通顺不通顺，段落安排得整齐不整齐，却老是在一列芳名上跟我过不去……

上到二楼，轻轻推开第三编辑室的玻璃门。麦老头正襟危坐，煞有介事地在处理新闻稿。奇怪，他头也用不着抬就知道是我，立刻站起来跟我握手。

"太好啦！"一面说一面示意我坐下，"你来得正好，我刚刚读了你的稿子。这篇稿……后面一大串名字，太啰唆占版位。我想……"

我急问："你又想砍掉？"

"你听我说。你一篇新闻，四千字多一点，那么长串的贵宾名字，占了一半篇幅。像你这样大块头文章，一个版能容纳几篇……"他顿一顿，继续说，"再说，建厂周年纪念，新闻主要部分是工厂的成就、对社会的贡献等，可你把来宾的芳名作为最主要部分。我的意思是，登出几位有代表性的就够了。"

　　我正想据理力争，指出他的无知，可麦老头来了劲儿，开始给我上起新闻写作课来。他说他当年在大学读的是新闻系，愿意帮助我提高新闻写作水平。于是滔滔不绝，讲得一本正经，俨然老教授在授课。

　　拼命压制自己胸中的火山爆发，趁他暂停吹喇叭站起来倒茶时，我也站起身，说："我得走了。"

　　"就走啦？……可惜，我费了这么多口舌，你还是不懂。"

　　我答道："不是我不懂，是你老先生不懂。"

　　回家途中，想起麦老头那副道貌岸然的迂腐样，又好气又好笑。于是发觉自己今天表现的修养相当到家，居然避免了一场第三次世界大战。

心中一句话

我知道，你心中藏着一句话。你想说，却没说。

我知道你为什么想说。

我知道你为什么没说。

从你的眼睛，我读到了你想说的话。然而，我装傻，装作没读懂……

为我的没读到，为我的没读懂，你，曾经何等的委屈，何等的难过，何等的情伤。然而你不说，你不想说。

时光飞逝，万物变化又变化。可你那深邃似海的眼睛，在我的记忆中，永远没有变化，一点也没褪色。——那深处，藏着一句话。

我曾后悔，为何我要强作没读懂？为何我不直截了当，告诉你我读懂了你的眼睛？

然而，我又感到宽慰，宽慰于没表明读懂你的眼睛。

你定然知道，后来我经受过的是一些什么样的苦难，走过的是一条何等崎岖险巇的途路。而你，生活充实，工作愉快，道路平坦，家庭温馨。

我为我感到宽慰，也为你庆幸。

怎知，你深藏于心的那句话，并未因万物变迁而消除。两年前，也是我们阔别半个世纪之后第一次相逢，言谈中我提及多年来我辛楚的遭际，当然也就意指你幸亏留于原地未远航……可你说："谁知道呢？你不是好好回来了吗？"

唉！我真不该开这口。

我何必提起这些……

我明知，你有一句话，当年没说，又何必去勾起你心中阴影的凝积……

宇宙级

我在心中称他"宇宙级"是两个星期前的事。那天刚发完稿件，动手冲茶，来了电话。

"哈啰！"我打招呼。

"喂！"对方答。

"哈啰……"

"喂！你是文艺版编辑？我有好多篇诗。我的诗是很了不起的，发表出来一定震动人心。我发表过很多很多诗，都是震动人心的。你知道评论家怎样评论我的诗？嘿，说是'宇宙级'的，理由是'此诗只应天上有'。喂！你有没有听我说呀？有？那好，我会拿我的诗来给你的，你等等我。"

正想请教这位震动人心的"宇宙级"诗人的高姓大名，却已经断了线……

隔了两天，一批震动人心的"宇宙级"诗稿来到我手上了。

我好不容易忍住肠胃的翻滚读完了若干篇。天啊！我的心果然被震动了，震动得痉挛，震动得要碎裂。我急忙喝下一大杯冷水，镇镇神经，以免把随手抓到的物事摔他个遍地开花。

　　镇静之后，终于释然，也终于恍然大悟：怪不得是"宇宙级诗人"！宇宙人才读得懂的诗啊！我是地球人，不懂不奇怪。

　　我不想抄录这位"宇宙级"诗人的震动人心的诗句让你欣赏，怕你会像我一样，歇斯底里发作。

　　把全部诗稿付邮奉还这位宇宙诗人之后，倒也平安无事。我原以为他会上门，至少打电话来向我兴师问罪的。

　　那天老丁打电话过来"命令"我到他那儿去，品尝他新近得到的希腊咖啡。咖啡对我有吸引力，加上"希腊"，简直是诱惑了。反正近在咫尺，不一会儿，我就到了他所在的编辑部，进入他的文艺版编辑室。

　　两人正兴高采烈地大赞特赞咖啡香美时，案头电话铃响。

　　"哈啰！……呵！呵！了不起！……震动人心……什么雨？……雨什么周？……呵，呵，宇——宙……"

　　终于挂了电话，老丁傻乎乎地凝视着我，说："天下怎会有这样的人……"

　　我抢着说："地球上没有，宇宙有。'此诗只应天上有'

嘛！"

"你怎么听得见我的电话？"

我把如何接到电话，如何收到诗稿，如何心肝儿被震儿裂，如何退回诗稿，等等，讲了个淋漓尽致。

"那人说诗稿就要寄来了。"老丁说。

我说："我建议你多读几篇，也许对于你，反而可以治一治你的胃病。不，治一治你的心脏衰弱。"

返老还童

　　年届古稀，他越来越渴望遇仙，渴望仙人施法，让他返老还童。

　　盼，盼，盼……

　　盼到了！长髯仙人飘然而至。

　　仙人示意他闭眼。只听见耳边风声呼呼，待到睁开眼时，已置身山洞中。

　　仙人问："你要的还童，是从头脑到外表，还是只求外表？"

　　"当然只要外表。"他答。

　　眨眼间，施法已毕。又是闭眼，又是耳边风声呼呼，回到了早间遇仙的桥旁。

　　急忙掏出随身一面小镜，镜中映出的，是一张少年的圆脸——家中有一幅他念小学时的半身照，就是这副容貌。

　　欢喜欲狂，正想跨步回家，让家人们齐来为他返老还童同庆同乐，却失色怔住了：怎么？周围景物全然不是早间离去时的样子？

随仙人飘进山洞，从山洞飘回此地，再多也超不过半句钟①啊……

抬头，蓦见桥栏上一张通告：

> 明天起闭桥，进行修建。
>
> 2067 年 4 月 18 日

记起了，遇仙前一晚，睡前翻杂志，有一篇谈的是，再两百几十天，21 世纪就要来临，千年虫问题不可掉以轻心……

进山洞，出山洞，1999 年骤为 2067 年——整整七十载！

恍然有所悟："山中方七日，世上几千年。"

好不容易才寻到了家，再三再四看清楚街名、巷名、门牌号码，按了门铃，却没有人认得他。说出儿子的名字，都说："不在了。"再提小孙儿的小名，出来的并不是常坐在他膝头上听讲故事的小童，而是满头白发的老者……

祖父、曾祖父、曾曾祖父的身份总算有办法得以证实。

----

①半句钟：旧称，即半小时。

然而，期盼已久的欢乐，却一丁点儿都不见踪影。如何同庆？如何同乐？一家十几口人，除了孙儿还偶尔可以谈一两句，其他的人，总是无话可与对谈，也都不想谈。孩童阿公的形象，太难以令人认同了！

　　孤独寂寞，寂寞孤独。寸步难移，行坐不得。

　　亲人非亲人，朋友呢？打过多少次电话，有的回说"打错了"，有的回说"早不在了"。

　　家人不接受他，邻里不接受他，社会不接受他……

　　沮丧，哀伤，委屈，懊恼，悔恨……

　　想哭，哭不出。他握拳捶地，大声呼叫……

　　"阿公醒了！"

　　常坐在他膝头听讲故事的小孙儿，听见祖父床板声响，蹦蹦跳跳来到床边，拉他的手，喊："阿公！抱……"

　　急忙起床，向墙上大镜望去，镜子里哪有当年小学生的稚脸？

　　长长舒出一口气，抱起小孙儿，吻得他大笑大叫。

老人与榕树

老人让小侄孙牵着，一手扶着拐杖，一步一颤地来到了河边。

河边很寂静，几乎没有一个人影。

这周遭的物事，早已变得难以辨认了。唯有这河边一角，景观依旧，连那轻风徐拂中的鲜甜气息都依然未变。

树木似乎少了许多，显得凄清。

一棵老榕树，向老人招手。

老人走向老榕树，伸出手，轻触它的长长气根，就像当年他轻触她的秀发。

······

老人叹了气，扶着拐杖，让小侄孙牵着，一步一颤地依依惜别了垂着长髯的老榕树。

好多年好多年以前的一个傍晚，他依约伫立榕树下。透过榕树飘垂的长髯，他望向河边的小路。

四下分外落寞，小路更显得荒凉。夕阳的余晖已然收敛，成群的鸟儿也各自归巢。

四下更加寥寂。他望向轮廓模糊的河边小路，竖起耳朵听听是否传来了她的脚步声……没有任何足音，没有任何人影……

夜幕终于罩下。

他依依不舍地告别了长髯垂地的榕树，似乎听见榕树为他轻轻叹息。

……

那一晚，别了老榕树。从此，他再也没能与她相见。

原先约好一同奔向那青年人梦寐以求的理想国土，去纵情歌唱，去自由飞腾，去献身伟大事业。

他，独自负着怨怼与沉痛，深藏着失落与怅惘，告别了哺他育他的湄江水，奔向未来。

辗转多方的一封信，接到手时，他已是两个孩子的爸爸了。写信的她，也已有了三个女儿。他完全理解她的苦衷，想象得出她的处境，同情她的无助与遗憾，当年她是被父母逼着迁走避开他的。他复信，说，一定会回来看她，会回到当年常聚遇、常依偎细语的榕树下面，回到那遍布他俩的足印的河沿，回到录存着他俩呢喃相诉的草丛间……

老人让小侄孙牵着，手拄拐杖，颤颤然离别了曾经深情抚爱过他和她、也曾经与他和她一起陶醉如梦的老榕树⋯⋯

小侄孙听见他长长一声叹息，他听见了老榕树在夜风中长叹。

对？不对？

"有一件事，"朋友 K 君说，"我一直不知道是做对了还是做得不对……"

听起来事情不平常，我于是凝神听他讲述。

两年前的一个晚上，我到超级市场购物，正挑选间，忽闻有个孩子啼哭的声音。

我好管闲事，寻声找去，看到一个五六岁的女孩站在购物车上，挣扎着，哭闹着，要她推车的妈妈抱她下车。母亲凛然不许，大声叱喝，大声恐吓。孩子的啼哭声越来越大，母亲的责备威吓越来越升级，吸引了好多顾客射来的眼光。然而没有人上前劝解。

你知道我好管闲事。有一次在邻村巷子里遇到三个男孩欺侮一个年纪比他们小的孩子，我即上前制止，牵了满脸是泪是鼻涕的弱者到他家去交还他妈妈。又有一次，过高架桥时碰到四个孩子争吃东西，气氛有爆发大战的可能，我把他们喝住，然后带他们去下桥，到桥边的商店买了四包饼干，每人一包……

我爱管闲事，这回又管上了。我上前，劝那母亲抱女孩下车。我说，孩子的要求并不会不合理。让她这么哭，令顾客们心烦，你也不快乐……那女人脸现愠色，打断我的话，答道："孩子是我的，何必你来管！"我转身离开。背后传来孩子的哭声，我暗自思忖：我做对了，还是做错了？

K 君说："现在我问你，当时我做对了，还是错了？"
我像一个劣等学生，交了白卷。

勾起

　　送走了前来谈生意的一位日商，正坐下喝咖啡，白先生走了进来。我立刻给白先生要来一杯热咖啡。

　　白先生是我父亲年轻时在新加坡读书时的同班同学，近日到泰国一游，被我父亲强拉硬扯住进我家。短短几天，竟然和我成了忘年交，很谈得来。

　　白先生面前的咖啡早已凉了，他还是一动不动地端详着日商留下的名片。

　　"小岛！"白先生开声了。声音低沉，但显得激动，"小岛先生，小岛雄二。要是这个小岛，就是当年的那个小岛，我真想给他一拳！"

　　我猛然记起，白先生两三天前跟我讲起当年新加坡沦陷在日寇铁蹄下的一件事。

1945 年 8 月中旬的一天早晨，白先生——那时是年轻的小白，照常到"组合"去上班，发觉非日籍的同事们神情与平日大不同，三三两两，交头接耳。终于他得知了原来是日本天皇无条件投降——天大的喜讯啊！他按捺住想大喊大叫的冲动，却掩不住脸上的兴奋。此时，他们的上司，穿着笔挺军装的小岛，手按军刀缓步走来，示意大家坐下，然后用不流利的马来语说道：

　　"你们别高兴。日本不是全盘完蛋，只是输了而已。我们还会回来的。那时候，你们还得来给我们做工。明白甲①？"

　　白先生跟我忆述完这段往事，慨叹说："我永远不会忘记小岛说话时的目光，充满杀气的凶光。"

　　"可是，"我说，"这位小岛，还没四十岁，不可能是你所说的当年那个小岛吧？"

　　"不是。姓一样，名字不同，这姓，又一次把我内心深处的恨与痛勾起……再说，当年小岛吐露的远不只是他一人的祸心……"

------

①日语疑问句式，句末有个"甲"字。

云彩

两天来，七岁小女儿莲一直闷闷不乐。问她有什么事，又不说。她越不说，我越不安。

好不容易问出了她的心中事。

数天前，绿对莲咬耳朵，说珍太坏，要大家不要跟珍好，说这是真拉的主意。真拉在这新村一角的一群年龄相近的小女孩中年纪稍大一点点，自然而然成为领袖。——既然真拉这么说，莲和其他几个女娃便同时对珍不理不睬，急得珍哭了出来。可是，要大家不跟珍好的大姐头真拉反而亲近珍……莲看在眼里，气在心里，再也不肯去接近真拉。

我问："就为这事不快乐？"

小女儿摇头，流下泪，断断续续叙述。我到底弄明白了令她深为难过的因由：前天她才得知，真拉并没叫大家不理珍，是绿说的。"莲错怪了姐真拉呀！妈妈……"

我安慰又安慰，莲仍是闷闷不乐。

我想起了——明天是小女儿莲生日，记得真拉的生日跟莲是同一天。我说买个生日蛋糕，让莲明天拿去向真拉祝贺。莲听了，想一想，破涕为笑。

送过生日蛋糕，小莲莲蹦蹦跳跳回到家来，拉住我："妈妈，姐真拉原谅莲了。姐真拉和莲一起唱生日快乐！姨姨称赞莲呢！"说罢，唱起"祝你生日快乐……"

正唱着，三个女娃欢唱"生日快乐"走进院来。莲开门，真拉在前，双手捧一个铜盘，盘上是圆圆的一个生日蛋糕，后面跟着珍和绿，也各捧着盛蛋糕的盘子。

放下蛋糕，三人齐齐向我拜了，又齐唱祝贺莲："祝你生日快乐……"

绿说："绿错了。绿不该……"

我把她拉过来，吻了她。又拉过莲，莲紧紧抱住绿……

四个孩子，手拉手，圆旋跳起舞来。平日的玩伴们闻声而至，甜甜的"生日快乐"歌声，银铃般的笑声，织成片片云彩……

往者往矣

飞机抵达樟宜机场，已是暮色苍茫。

校友会秘书长老何抢过我的旅行袋："欢迎！欢迎！欢迎前来参加校庆五十周年纪念。"把我带进一家餐室，说："喝杯咖啡再一起接香港来的李超。第七届的，你应该认识。"

李超！怎么会不认识，虽然一别半个世纪，我相信一见面还可以认出来。我第六届（1947年）高中毕业，他是隔年第七届，新加坡沦陷时期，曾经一起患难。那段往事，一辈子不会稍忘。

李超和我被招待住进酒店同一室。

话匣子一打开，滔滔不息。直至老何派人送来刚出炉的校庆特刊，才告暂停，分头翻阅。

"这是什么话！"老李猛然喊起来，"你看，这是什么话！"指着《怀念林文伟》一文："称他作烈士，活见鬼！"

我们不会忘记，当年我们两人一同遭受日本宪兵的毒刑，出卖者正是林文伟其人。

林文伟比我高一级，在校中是人所共知的活跃分子，时时带油印报刊到校暗暗分发，有时也给我与老李。日寇的走狗认出林文伟，抓他进了宪兵部。林文伟供出了老李、我，还有两个同校同学，四人同一天被捕。

文伟死在日本宪兵部。他招供出手下所联络的人，是被拷打出来的。打一阵，招出一个，再打一阵，再招出一个，再打再招。他出卖同学以求保命，终于卖出了自己的命。

老李与我被判参加抗日活动罪，入狱三年。另外两人，年纪比我们更小，才十四五岁，各判入狱一年半。说起来，我们都比文伟坚强，没有向敌人招出任何一个抗日分子。我们受酷刑受拷打，但反而没有文伟所受那么惨重。

校庆纪念活动结束后，正收拾行李准备归途。有个六十出头的人来访，说是秘书长老何介绍前来的。

他是林文伟的儿子——林思伟。正想问，文伟死在日本宪兵部，哪来的儿子？他先说了，他父亲读书时有个童养媳。他此来是想请我们给他讲他父亲当年怎样英勇牺牲的。他想写篇文章纪念从未见过面的父亲，他自小崇拜的英雄。

我沉思……

老李开口了，显出抑不住的气愤："我们是被他……"我急忙抢截："我们是被——是比他迟一点被抓进日本宪兵部的……文伟死在宪兵部。"

思伟告辞后，老李责问我："为什么不让说出真相？"

　　我说，过去的一切由它过去吧！死者死矣，又何必要他的下一代替他受良心的谴责呢？他取名思伟，他何等的怀念一出世就不见面的父亲！

旧衣曲

五岁的小女儿从门外跑进客厅，把正沉迷在电视剧中的妈妈拉住，吵着要妈妈到房子里去拣一些旧衣服出来。说罢，转身上楼找出一个旧的小旅行袋。

妈妈一时莫名其妙，继续看电视。小女儿缠了又缠，还指明要用这个袋子装旧衣。

好性情的妈妈终于弄明白：小女儿要拿旧衣服去送给穷人，一个穷人"姐姐"。

数天前，妈妈对女儿的爸爸说："我们新村扫地的莲，穿得破破烂烂，我想收几件旧衣送她。"于是用小旅行袋装了，等到莲扫地经过门口时送给了她。小女儿看在眼里，现在学样做善事，身为母亲，怎可不支持呢？

在女儿催促下，妈妈取出两套女装，放入袋中，让女儿提了，说："妈跟你去。"

小女儿急匆匆跑向新村路口转角的凉亭。母亲步伐大，不一下就追上了，接着一眼望见凉亭里有两个白皮肤，一男一女。女人倚柱而立，不用太近，便见到她长腿上的米色短裤，像被巨爪狠撕过似的，裂成条条丝丝，短裤覆盖着的红色背心下摆，争先"红杏出墙"。

发觉女儿要接济的是这个新潮装束的"红毛"游客，妈妈抢着把心地善良的小女儿截住，说："跟妈妈回家吧！"

甜

老丁心中老感到不安。他新近在报纸文艺副刊上发表的一篇诗论，文中引用的李白诗句，把"举头望明月，低头思故乡"，错写为"举头望明月，低首思故乡"。

这一字之差，是自作聪明弄出来的。"床前明月光，疑是地上霜。举头望明月，低头思故乡"四句诗，读小学时便已背得滚瓜烂熟。那天写诗论，不知怎的，顿然怀疑自己的记性有问题，觉得大诗人李白肯定不会两句同用一"头"字，于是毅然将句子"改正"为"举头望明月，低首思故乡"，才把文稿寄出。

文章发表了，老丁读着自己的诗论，轻轻哼起"床前明月光……"，又顿然怀疑自己对"头"字改动得过于孟浪。他急忙取出《唐诗三百首》，一查，不是"低首"，是"低头"……

他为此感到不安：这样家喻户晓的名诗，引用时竟写错了字，人家会怎样笑我呢？

奇怪的是，倒也没人来笑他，也没人来问他……是没人读他的文章，还是读者根本没注意到一"头"一"首"的差错，抑或注意到了却不想搭理？此地华文报上错字之多，早已让人见怪不怪了……

老丁的不安渐渐消退了的时候，一封学生来信令他惊愕不已。信中赞赏老丁写的诗论，希望今后能多读到此类佳作。末了提到文中所引用诗句出现的差错，说不知是报馆打字或校对的疏忽，还是引用时匆忙。

向他提意见的，不是社会名士，也不是文友们，而是一位在校的学生——真不是滋味！真不是滋味！

……

然而，老丁笑逐颜开了。

越想越开心，越想越兴奋。

不是滋味，一变而为甜的滋味。

老丁把信揣于怀中，快步出门。他要去让文友们分享这甜的滋味。

机票

他终于得到了这张机票了。

这愿望，一直在他脑中旋转、发酵，至少也有五年了。

老妻生前，不时叨念想要乘一次飞机，可他就是不把它当回事。说实话，你奖励他燕窝鱼翅，他也宁可独自静坐喝清茶，而不去坐那玩意儿上天空去冒险……

老妻念一次，他"嗯！嗯！"一次。她说，不必去国外，在国内就好，合艾、清迈、普吉，随便一个地方，飞一次就心满意足了。

这样的话，听得都能背诵了，可他就只是"嗯！嗯！"到了第三个女儿也是最小一个出阁之后，他渐渐感到不可以再对老妻的愿望如此拖拉了。想起她自过门至今，日日夜夜操劳家务，抚养孩子，粗茶淡饭挨过数十年，从来没有过什么奢望，只想坐一坐飞机，理当给她满足。一通百通，那晚，当她又提起话题时，他毅然承诺，而且斩钉截铁："明天就去订机票！"

天刚亮，正想起床，猛然听到从楼梯传来一阵不祥声响，似有重物滚下梯去，接着是老妻的一声尖叫……

这一天，不是去买机票，而是送妻进医院。

住院后，老妻一直不省人事，三天后，回光返照，一刹那间，只听见她说了声："飞机……"

老伴静静地走了，不觉一别已是五年。

明天是清明。两天前一个老友替他为老妻买了一张机票，说是上了飞机，想到哪里都行。

回到家中，越想越觉得有什么地方不对："只一张机票，两张才对呀！应该我陪她……"

上了床，合眼再想，方觉朋友考虑得周到。"冥府机票。阴阳相隔，我怎能跟她同坐一机呢？"

今年清明比往年提前一天，不是四月五日，是四月四日。天才透亮，他的儿子便开车来载他上山庄。

凝望着化成灰蝶白蝶纷飞的机票，他轻声嘱咐："你自己上机吧！到哪里你自己做主。你走好……"

笔洗

一

收藏家文一丁又购得一件珍品。得意之余，打电话邀我快去跟他一起鉴赏。我说，刚有一位数十年前的老同学全自安从国外来访，是位作家兼书画家，想带他一同上门。

桌子上摆着新猎获的珍品。全自安一眼就看出是笔洗，他发了呆。接着，捧起笔洗细细端详，左看右看，转来翻去，突然叫道："是了！"文一丁和我不免一怔。

全自安轻手把笔洗倒置，指着看来是利器划出的"王人"两字，喃喃说出一段往事。

二

全自安的忆述，可以写成一篇万言小说。然而此时我只能作个简介。

"王人"两字，是全自安亲手用利器划下的。

五十多年前，他和女友小兰相约一同远越重洋前去投身火热的工作。他取得家人支持，她却无法说服母亲。他把父亲给他的家传数代的铜笔洗留给她作纪念。她叮咛又叮咛："等着我！"

等不到她去，他也回不来。

几年后，一阵狂风把他扫到边远的农村。两地断了音信。

从农村回到城市，恢复了文艺工作者的身份，两鬓已灰，心也已灰。

他一直单身，眨眼数十年。

他多么渴望能够回到出生地一行，可就是没勇气提出申请。待到时机允许申请时，家人已经不存，只好作罢。

这次他终于参加市文化部门组织的旅游团飞来了。他在心中暗祷：上天保佑我见一见小兰。

此刻这个笔洗，勾起他多少感慨与感伤啊！

三

还是收藏家神通广大，竟然有法子探寻出笔洗卖主是谁，居住何处。

文一丁携了珍贵的古董，带我和全自安前往拜访何老太。

何老太抱住古董说，小兰是她表妹。

"我姨丈姨母过世以后，小兰表妹就来我这里住。她日夕与这笔洗为伴，我知道她的心事。她不嫁，我痛心，我怜悯，我同情。她说：自安会回来，一定会回来！"

　　然而，小兰等不到今天，五年前去世了。

　　近日，老太太吩咐用人把没有用的旧物收拾起来卖给"诀吗楷"，用人把这个笔洗也卖了。老太太自责地说："老了！糊涂！……"

　　全自安含着泪珠，向何老太要了三支香，点燃，对着壁上小兰的放大像，在袅袅轻烟中细声说："兰，自安回来了……"

学费

　　李文刚踏进咖啡店，便被一只肥胖的手拉住："坐！坐！"

　　是小周，公司里的同事。李文在他对面坐下。两人一面享受咖啡的浓香，一面谈东论西。……蓦地李文问道："公司里有人向你借钱吗？"

　　小周沉吟。李文察言观色，觉得有必要给他"上课"："我让人借去八千铢，一个丁也收不回。"

　　"谁向你借？"

　　"素娜。去年才进公司的接线生。有一天中午，办公室里只我一人，她轻步走近我，向我苦苦哀求，说父亲病得很可怜，需要很多医药费，求我借给她五千铢。我见她流泪，借给她三千。半个月后，她又找机会接近我，我以为是来还账，哪知是开口再借。说她父亲有些起色，还得留在医院。家里可当的东西都当了，求我发慈心再借她几千。我又借给她三千。又过了一个月，老是不见她来偿债。我不好意思催讨。她又来了，说母亲也病倒了，请求再借。其实我理应断然拒绝，可是作为同事，且听她说得那么凄凉，又再掏出两千铢借给她……"

再叫来一杯热气腾腾的咖啡，李文继续讲："日子一天天过去，我越来越意识到这笔账肯定是呆账，只好自我安慰：算是做好心吧！"

小周沉思。

李文接着说，有一天，一出街头活报剧对他的"好心"重重敲了一槌。是日中午，他在公司附近小巷中一位朋友家中喝茶，忽听门外噪声大作。他转身望向玻璃门外，见一个女人扭住一个女子，粗声叱斥，听得出是逼那女子还清赌债，数目不下于一两万。被扭着的女子终于挣脱，急忙飞逃而去。李文眼力尚好，认出飞逃者是素娜。

李文作结束语："我不再奢望能够收回一个丁了。就算是我在做人的道路上又一次交学费吧！"

小周叹气，说："我也交了学费。"

"你说什么？"

"素娜昨天向我借去两千铢……"

李文严肃地说："你还得再交学费！"

"为什么？"

"我刚给你上的课，是特别补习课，你得缴特别补习费。"

小周笑了："明天中午，我请客！"

守时动员会开幕礼

今天的会议十分重要。到会的都是社会名流，各界各团体代表。

会议通知和请帖都曾写明：铁定上午九时整开会。

靠窗一座高大的钟，长短针指明：九时。

九时十分。开始有到会者入座。

九时二十分。满面春风的司仪女士站到麦克风旁边。

九时三十分。社会名流们，西装笔挺的男士和珠光宝气的女士，陆续到前数排入座。

会场座位渐渐被填满，只空第一排数个座位。大家知道，这些是留给部长一行的。

应邀前来致开幕词的部长先生的魁梧身影尚未出现。

十时。会场上有人焦急地盯着高大的钟，有人一下又一下抬起手腕看手表，有人闭目养神，有些人三三两两摆开龙门阵。

十时十五分。部长先生一行被拥着走到第一排留空的座位上端坐。

司仪女士唱歌般宣布："守时动员会开始！"

接着，面向部长：

"请部长先生致开幕词！"

雷鸣般的掌声过后，部长先生迈开稳健步伐，走向麦克风：

"女士们！先生们！

"我们 K 市在守时精神方面，不时受到国外报纸的指摘。现在，让我们同心协力，一致奋起，来一个总动员，人人守时的总动员！我现在隆重宣布：守时动员会正式开幕！"

又是一阵雷鸣般的掌声。

爱海

我爱海。

我爱平静的海，也爱浪涛翻涌的海。

我爱在海潮中嬉戏，也爱在沙滩上拾贝。

以前，我是常常到海边的。小的时候，几乎每个星期天大半天以上的时间都消磨在海上与沙滩上。那乐趣，于今每一思及，依然感到余味无穷。年纪稍长，下海嬉戏的次数少了，但到海边的次数增多了。读中学那几年，每晚或每隔一两晚，便往海边去。时常是黄昏时刻，三五个同学，沿着海滨长堤，沿着堤边的花木，谈着笑着漫步前行。行着行着，任意选个地点憩息，望着海，听海歌唱，于是兴起，我们也纵情高歌。有时是齐唱，有时是多重唱，有时是杂乱无章的"混合"唱，你唱你的，我唱我的，却也各得其乐。大海，也欣然加入我们的行列，开怀欢唱……

离开学校以后，跟海的接触越来越少了。虽说一年之中有若干次到海滨去，虽说到了海滨也如以前一样漫步沙滩，逐潮寻乐，但，不知怎的，那味儿可与少年时的大不相同，总似是缺少了些什么，似是失落了些什么……而今老之将至，偶尔到旧地，大海，依然或静睡或腾跃，或低吟或高唱，可我，对着她，默默无言，只是伫立眺望，让朵朵浪花勾起我片片的忆思。

……

忆思，忆思，最多忆及的是中学时期常一起到海边的几位同窗。往事如烟，消逝无踪，他们的音容笑貌，却依然鲜明如昔，在我眼前闪烁，在我脑际浮泛……有一次，我终于忍不住给他们写信，问道："何时一起，去踏寻那凝聚着我们的笑声和歌声的浪花……"陆续来了回信，均有同感，唯是未能约定时间，遗憾啊！但能怎么说呢？个个有了一把年纪，地北天南……

倒是 A 君爽快至极，来了个长途电话，说声明天见。翌日，我的客厅中就洋溢着他那洪钟一样的笑声。

好家伙！发胖了，却并不苍老，也不显得迟钝。当我们抵达海滨旧地的时候，他竟然跑呀跳呀，若不是一身西装，大概会一跃而入潮中……

A 君的豪兴燃起我的激情，两个人，手挽手，踏着金色的沙滩，唱了起来：

达坂城的石头硬又平呀，

西瓜儿大又甜哪。

那里有个姑娘辫子长呀，

两个眼睛真漂亮。

你要想嫁人，

不要嫁给别人，

一定要你嫁给我。

大海，跟我们和了起来，哗哗哗，哗哗哗。A君与我，仿佛都有了醉意。

红日渐渐西沉，我说"不如归"，A君说"好！"此时，他蓦地站住，遥望半天霞光，轻轻地，轻轻地唱：

晚霞美丽有如往日，

亲爱的，你在何方？

玉树青翠平原依旧，

亲爱的，你可安康？

记得从前你我携着手，

散步在沙滩上，

如今你我天涯远隔别，

我独把旧歌唱。

我忽然发现，他脸上有泪光在闪动……

但我不敢问他，为谁唱这歌？

我们往回走，沐浴于金灿灿的霞彩中。

我说："你还是爱海……"

A 君说："你还是爱海……"

今夜又是好月亮

　　古来诗人词人，咏月的诗词不少。我自小也读过一些，于今仍能信口背出若干。有整首的，如李白的"床前明月光，疑是地上霜，举头望明月，低头思故乡"；有的只数句，如张九龄的"海上生明月，天涯共此时……不堪盈手赠，还寝梦佳期"，李后主的"无言独上西楼，月如钩……剪不断，理还乱，是离愁，别是一番滋味在心头"！有的只记得一句，如杜甫的"月是故乡明"。

　　这些诗词都是在小学和初中的时候读的。小学生读旧诗词，现在回想起来还觉得好笑，先生带一句，我们跟着念一句，一句一句读得顺口了，背熟了，可诗词的意思，却是不大了了的。李白的《静夜思》是很好懂的，但年龄小，毕竟未能深刻领略其感情。奇怪的是李后主的词，虽不怎么懂，却不知怎么的，多诵几遍以后，一种与自己年纪不相适应的淡淡哀愁便油然而生。也许那年月正是国难当头，因而李后主的词特有感染力。"……问君能有几多愁？恰似一江春水向东流！"念着念着，不知不觉眼泪盈眶。

对这些诗词的内容有较多理解，那是升上初中以后。教我们国文的李先生是山东人，牛高马大，直立有如一座铁塔，加上粗眉大眼阔嘴巴，那形象是够令人生畏的。可奇怪，仪表严肃体态威严的李先生，却是感情十分充沛，讲起课来不时动起真情实感，背诵旧诗词时双眼紧闭，似乎全身心都进到诗词中的境地去了。他话说得不快不慢，每一句都像演员念台词那样富有情感。这样的老师，我们会多么的喜爱！很短时间，他和我们便建立起深浓的师生友谊。

后来我们又惊喜地发现，李先生的歌声是那么的迷人。在一次我们年级举办的赏月茶话会上，大家一面吃茶点，一面叙谈，一面表演技艺。到会的同学无不尽力献艺，有独唱的，有合唱的，有人吹口琴，有人拉小提琴，也有人跳踢踏舞，还有人表演口技和武术。老师们也似乎都回到少年时代，唱的跳的，不亦乐哉。忽然有一位同学发现新大陆般叫了起来："李先生逃走啦！"大家定神一看，果然见他坐的位子空着。正想派人去找，李先生却回来了，腋下夹着一本歌簿。他大概听到大家的叫嚷，还未入座，便笑笑地说："我没逃。"于是，打开簿子，亮起喉咙，用英文唱起《我的太阳》这首意大利民歌。

这歌，须有好的男高音，才能唱得又高又柔，唱出情感。李先生那晚真的唱得人人心头都开了花。

李先生白天在学校上课，晚上到一家华文报馆去编报，闲时还写文艺作品在报纸副刊上发表，刊名就叫《学文》。别看我们年纪轻，可相当精灵，他用了哪几个笔名都给我们打听了出来。以后，我们几个喜爱文艺的同学便常到他的房子里去。像其他单身老师一样，他在学校的住房并不宽，我们一进去，便把整个卧室兼书房的空间全填满了。他满怀热情而又十分耐心地指导我们写作，我们都觉得进步很快。大家说好，请李先生做顾问。一请，他爽快答应。于是有钱出钱，有力出力，一面分头写稿，紧锣密鼓，终于编好送到印刷厂去。于是，又是轮流校对，送清样给李先生……看众人的心血结晶就将问世了，那天晚上大家约齐到学校找了李先生，一同到草地上去围坐畅谈。李先生对着银盘似的明月，唱了几首以月为题的歌儿。其中有一首是电影《十字街头》中的插曲，听得大家都发了呆：

月儿挂在中天

光明照耀四方

在这静静的深夜里

想起了我的故乡……

他怎能不想起他的故乡呢？他的家乡早已沦陷在鬼子铁

蹄之下，多少乡亲在痛苦中呻吟，哀号。我们几个同学，各人的故乡，又何尝不在水火中……几句歌，唱得人人泪湿衣衫。

可谁也想不到，这一晚的聚会，竟是我们与李先生的最后一次相聚。几天后，日本鬼子突然偷袭珍珠港，战火烧到了我们的身旁。炸弹爆炸的巨响，震得人心惶惶。不久，英军投降，新加坡皇家山上换上了日本的旗帜，新马人民被推进黑魆魆的深渊。

李先生躲了起来，我们一群同学也不敢像以前一样常常见面了。只有一位年龄比我还小一点的K，时不时跑来找我闲聊。有一天，他气急败坏地走进门，一把把我拉到我的卧室，然后压低声音说："你听说了没有？李先生当了汉奸……"我惊愕不已，却又摇摇头，表示不敢相信或但愿消息不确。然而K说，消息应当可靠，是他爸爸说的，他爸爸也是中学教师，也认识李先生，不会无中生有的。事情是这样的，鬼子知道李先生懂日文，派车来把他强请去，要他任华文《昭南日报》编辑。信也好，不信也好，我们的心都伤透了。

……

一天晚上，月正中天，银光泻满地。在孤独与凄寂中，举头望月，不觉忆起在学校的那次月光晚会，忆起李先生醉人的歌唱，可此时的李先生已不是那时的李先生了。正想搜索些词句来诅咒他，K来了，拉住我的手，哽咽地说："你听到了吗？李……先生……牺牲了……"他泣不成声，我呆了。终于弄明白，原来李先生并未真正帮过鬼子办报，虽然报上披露他当了编辑。有一天，李先生从报馆的天台上一跃而下！为击破敌人图谋，为维护中华民族气节，他献出了宝贵的年华正旺的生命！听完K的悲诉，我们肃然而立，泪眼对明月，遥祝李先生英灵安息。

李先生的追悼会直到日本投降、英国重返新加坡后才举行。那盛况，那感人场景，于今仍历历在目。数十年过去了，每一想起，犹如昨天的事。光阴荏苒，作为李先生学生的我们，大多已过"知天命"之年。岁月倥偬，许许多多早已淡忘，但是，李先生的音容笑貌从未在我记忆中褪色，他的浩然正气时时在激励我勤奋前行。

今夜，又是好月亮。我怎能不想及一首首咏月的诗词？怎能不忆起李先生？忆起他的笑语，他在课堂上吟诗诵词的流畅感人，他在晚会上唱出满座怦然心动的男高音……

碑石

一

半夜间来了电话，听筒中传过来的名字，几乎使我从床上跳起来。是一位分别四十八年的老同学，1947年同班，高中毕业后各奔前程，想不到一别就是半个世纪。当年都是血气方刚的小伙子，而今我已是垂垂老矣，久未见面的他，也该是老人一个。可一时从我脑中映出来的剪影，却仍是当年华校联合田径赛运动会上一千五百米、三千米、一万米三项比赛金牌获得者的飒爽英姿。

我本来就常做梦，这晚梦更多。

天刚蒙蒙亮，我就赶去会晤这位老同学方君。

不用说，一见面就有许多要谈的话。

尽管在我眼前的他是跟我一样的老人，可声音神态依然和昔时在校园中听到看到的一模一样。时间一下子倒流到了五十年前，我们仿佛又同置身于狮城华侨中学钟楼的课室里。如烟如云的往事，一齐涌了出来……

这些年来，我走过好多地方，奔波劳碌，心疲力倦。想不到他走过的地方比我更多，多得不知几多倍，奔波劳碌，也比我不知有多少倍的艰辛。他想写书，而且已经动笔写了。是的，那么多那么多惊心动魄的人生历程，是值得用彩笔刻画下来的。

他说，他最近到了北京、上海、广州、福建等地，会见了久未见面的校友们。——这些地方数年前先后成立了"新加坡华侨中学南洋女子中学校友会"。他每到一地，都受到热情洋溢的接待，都有说不完的话、道不尽的往事，以及互诉互慰。他概括为一句：化不开的情。

可惜方君不能有更长时间的逗留，不过，他说不久还会再来的。这一说，令我宽了怀。哪知，他突地出了奇招，给我一个无法言说的意外惊喜：一本书！一本我们1947年高中毕业时出的毕业纪念刊！

二

当年同在课室中上课的老同学们，全都回到了眼前。啊！何等甜美的记忆，何等温馨的聚首！

一个个稚气的脸，对着我笑。是的，都有着说不完的话，却又不知从何说起……

但我的视线停留在《刊前小语》上了：

　　毕业了！我们终算在生命的长途上，立下了一
块日夜辛勤筑下的碑石。这虽是何等微不足道的
一小块石碑，但在我们看来，到底不是容易的事。
——待过些时，回头望望它被风雨剥蚀了的影姿，
该可从它得到无限的快慰吧！看着时日的转移与环
境的变迁，曾经一块儿共同夙夜不息的劳作的学
伴，已是天南地北，个个有了不同的生活，想起昔
日共同的理想与绮丽的幻梦，恐怕又不免一番感喟。

才读了《刊前小语》的第一段，胸中浪潮便已翻腾澎湃。
于是，掩卷默思。

这《刊前小语》是我执笔的。我深深记得，那时候，我
动笔时激情何等充沛，想得很多，想得很远。

眨眼间过了五十个年头。

是的，五十年前，那当儿风华正茂，有浪漫情怀，却未
免天真幼稚。世界是美好的，前途似锦。也知行路维艰，必
须披荆斩棘，却又把荆途视为充满诗意。直到真正投入严酷
的社会，方知当年所思所想所期望等，竟然何其无知。

如今，回头一瞥当年绮丽的梦，慨然喟然之余，也只能
付之一笑。

三

　　方君带来的这本毕业纪念刊，本来当年毕业时同班同学都各有二十本。数十年来奔波四方，方君和我同样没能保存一本在身边。此回方君在中国遍访老同学期间得到了我们付出心血树立的这人生旅程碑石，可说喜从天降。更值得一书的是，保存这纪念册子的，并非我们同届毕业的同学，而是比我们迟了一两届的一位校友。说起来，确实难能可贵。

　　然而方君让我过目后，便要带回泰南去。我虽强烈想要占有，又怎开得出口呢？

　　却又来了意外惊喜。方君回到泰南后，居然另行复制一本出来，邮寄来慰我相思。

　　啊！方君，你太周到了！

　　感谢信刚付邮，便收到另一本书，方君的一部著作。

　　这家伙，说到做到！原来他上次提及写书时，实际上是已经接近完成的阶段。如今大功告成，把心血的结晶送来，跟我分享他的喜悦。

　　我太喜悦太兴奋了！我为方君在人生历程上又筑起一块新的碑石而喜悦而兴奋。

小梅

小梅，是我家养过的一只猫的名字。

她浑身黄色间黑纹，四只脚的脚趾却都白得发亮。邻居们见了，喜爱不胜，说这脚趾白色的叫"踏雪寻梅"。于是我们给她取名"小梅"。

小梅日见长大，随之本领日见高强，高强得令人难以置信。那时候，我家住的是旧式住屋，时时有跳梁小丑的老鼠，在楼上屋瓦下木梁上溜来溜去，家里人只能眼睁睁望着小丑们横行直走，无可奈何。轮到小梅大展身手了。她不用爬上屋梁，只在楼板上像《封神榜》中哼哈二将一样，向屋梁喷气，一只老鼠应声跌下地来，小梅扑上前，衔了到屋外去嬉戏。邻居们闻知小梅如此了得，无不跷起大拇指。

小梅跟我尤其亲热。我坐在椅上看书报，她就蹲在我脚旁，把头靠在我脚板上，眯着双眼，显得十分哆气。她有事也都是专找我，比如有时迟了喂她，她会轻步来到我身边，用头在我脚上左擦右擦，轻声咪呜，我立即给了她应得的饭和鱼。这不足为奇，普通家猫都会向主人讨吃的。特别出奇的是，小梅要产崽居然也来寻我。那是一个接近傍晚的下午，我正伏案写作，她神色紧张地来到我椅旁，绕着椅子转了一圈又一圈，伸长颈子对着我热切地鸣叫，又用牙齿轻轻咬我的脚。我发觉有异，放下笔，站起身望望她。她猛然转身，趱进屋后储藏室去。我伫立发呆，思量她到底要求何事。她趱回来，咬住我的裤脚，摇头摆尾。我想，莫非她发现储藏室里有什么宝贝？也罢，移动步伐，她立即兴高采烈地跑在我前头，带我进储藏室，接着在一空隙处立定，向我咪呜叫。我豁然开朗：她的肚子好沉重。——是了，她要我帮她布置个"产房"呀！不必问了，灵机一动，搬来一个大纸箱，再找一片布盖在纸箱上面，旁边留一个出入口。果然符合了小梅的愿望，她伶俐一跃，进入了我这个工程师为之筑就的临时"产房"……

几乎忘了小梅产仔的事。小梅从暗角出来了，一摇一摆得意地来到我脚旁，用头抵我的脚，一而再，再而三，一面哆声咪呜，似有所求，似有所诉。待我搁笔向她注视，她便弓弓腰，旋身起步，转头向我示意。我起身跟着她走，她神采飞扬地带领我走到她的"产房"一旁，对着我长叫一声，即跃进箱中。我全然明白了：她要我欣赏她的"杰作"。近前俯身眯眼观之，四只新出世的"小小梅"正在蠕动。我探手进去提出一只，捧着细细观察，毛色完全像母猫。然而，小梅不尽放心，从箱中跃出到我身旁，"哼！哼！哼！"喷气，我当然完璧奉还。她咬住小猫的头，跳回箱中。

不多久，小猫们便会从储藏室爬出来，互相追逐，快乐嬉戏。它们最喜欢的是追捉母猫的尾巴，捉了放，放了捉……小梅绝不允许她的孩子们爬高，更不准许上二楼。有哪只胆敢爬楼梯上楼，她就一跃而前，把犯规的小猫衔回来。

有一回，我在楼下客厅端坐看报，小梅气急败坏冲向我，发出求援的叫声。我连忙起身，跟她上二楼，只见她跳上后壁一个窗口，向窗外楼下咪呜咪呜连声叫唤。我走近她，探头向下一望：天哪！一只小猫正在隔壁后院地板上挣扎。我急忙下楼出门去按隔壁邻居的门铃，邻居听清来意，带我到后面把小猫抱回。说也奇怪，小猫从二楼跌落楼下地面，竟然还活着。等候在门的小梅见到她的小宝贝，欢腾喜跃，叫声由哀鸣转而为感激与欢乐。她把获救的小猫衔回窝后，又出来对我又叫又跳又舔，表示感激。母爱是感人的，小小动物的母爱，同样感人至深。

小梅的四只"杰作"，先后被亲友讨去了。每送走一只，小梅总得哀鸣数天，一连数天向我哀求，似乎要我设法寻回她的儿女……小梅离开人世以后，我们再也没养猫了。搬来市区，屋中再不见老鼠捣蛋，也就失去养猫的兴趣了。然而，我们一家，闲谈中还不时会提起小梅的趣事。

喜遇"笨蛋"林万里

"笨蛋"两字，在本文中并非贬词，而是赞语。

"笨蛋"两字，是林万里给自己扣上的。

我想往下再谈林万里和"笨蛋"的关系。先谈此次在文莱主办的第八届亚细安[①]华文文艺营与林万里的重逢。

数月前，接到文莱留台同学会写作组来函告知第八届文艺营的时间。作为泰国代表团成员之一的我，当时不知怎的就来了第六感觉：此次会遇到印度尼西亚的林万里。果然不错，这回他是担任印度尼西亚代表团团长，而且又是第四届亚细安华文文学奖的得主。一见面，他第一句话："我想你一定会来。"我也如是作答，言简意赅，各各笑出声来。

林万里赠我他去年五月新出版的短篇小说集《托你的

————————————————

①亚细安：东南亚国家联盟。

福》，印得很美观大方。打开先看目录，赫然见到附录我的一篇文章《美好的希望》。这是我1994年出席在马尼拉举行的第四届亚细安华文文艺营后写的，主要介绍印度尼西亚华文作家林万里二三事。文章开头记下了林万里在马尼拉拦车的趣事：各国代表报告后，当天晚上主人假巴比伦大酒店举行欢迎晚会。七点左右，代表们在东道主引导下，一一登上停在喜来登大门前的大型旅游车。车子正开动，突然有人拦车，带路的主人一看，说："不是我们的人。"司机退了车转弯行进，那人又再拦，其时谈话正酣的冯世才刚告一段落，转过头一望，急忙说："我们的人。"主人答："不是。"冯世才猛然站起："是我们印度尼西亚的人！"于是车子停定，这位匆匆赶到的印度尼西亚代表上得车来，冯世才向大家介绍："林万里先生！"

就这样，初次见面，林万里给我留下一个极深的印象。当我听他讲起，他当天凌晨四点从万隆乘车到雅加达，赶到机场却买不到飞马尼拉的机票，只得急急忙忙购票飞往新加坡，再转机赶到马尼拉。这，表明他忙，也表明他对华文文学的热爱与执着。我对他的印象又深一分了。

我在文章中提到他拦车的趣事，他很高兴。对这个小插曲，他也不止一次向文友们讲述，讲起来依然兴奋。

在第四届文艺营相识之后，数年来又会晤两次。一次是在泰华作协主办第二届世界华文微型小说研讨会间（1996年

11月23日至25日在曼谷湄南河大酒店）。其时闭幕仪式举行后大家余兴未了，他登台口述一篇即席完成的微型小说。他文思的敏捷，令我赞佩。再一次是2000年5月间，我到新加坡探亲，寒川约我喝咖啡，带来了林万里，大家不拘礼节，天南海北，畅叙极欢。

识林万里之前，1998年8月18日泰国《新中原报》文艺副刊《大众文艺》版曾刊出《印度尼西亚华文文学专辑》，其中有一篇林万里的小说《金龙鱼》，我阅读后为它的奇趣、幽默与结构的紧凑而大加赞叹。1994年在马尼拉相识，获赠他的短篇小说集《结婚季节》，回到曼谷家中，在一个晚上，我用整晚时间一口气把全本书吞入腹中。

中国作家吴奕锜说，林万里的"智慧"很大一部分也表现在他小说语言的幽默与诙谐上面。

"林万里语言的幽默与诙谐，令人捧腹，却又引人深思。今年九月三日，我在《世界日报》湄南河副刊上读到他的《九个傻瓜加上一个笨蛋》，看了题目和副题《记万隆市首家华文书店'万里书店'》，我一面为文章主题的奇趣而发笑，一面想：'林万里做书店老板了？否则怎么会用他的名去作书店名呢？'

"猜得差不多对。不过不是做老板，是做经理。他说，在很少人看华文书籍的地方开华文书店，是傻瓜。印度尼西亚今天到华文书店买书的能有几人？竟然有人要在万隆市开华文书店。九个傻瓜挺身而出，出钱出力，群策群力。他们把林万里拉出来，委任为总经理主持书店业务。盛情难却，他这个笨蛋就走马上任了。股东大会又决定借用他的名字作为书店名——万里书店，寓意'鹏程万里'……"

赠人"傻瓜"，自赠"笨蛋"，其实，林万里是为此颇为自豪的。他说："我们开华文书店的宗旨有二：一是弘扬华夏文化；二是对学习华语的人士提供方便。还有我们有两条共识：一是不考虑赢利，亏本没关系；二是倒闭没问题，只要时间不要太快……我这个总经理变作过河卒子，只好拼命向前了。"至此，道出了心声："为人类的文化事业多出几个这样的傻瓜，是好现象。九个傻瓜加上一个笨蛋，凑足了十个。希望有个好兆头：十全十美。"

用幽默诙谐的文字，含蓄地写出这样一件震撼人心的大事，比起正经八百地来谈论此时印度尼西亚新开办一家华文书店的重大意义，不是更感人，更能发人三思吗？文章后面摘引《印度尼西亚时报》的新闻报道《久旱逢甘雨》，就表达得很清楚了："而今久违卅多年的华文书籍，竟能在万隆市的一间新开张的中文书店出现，而且竟达千种之多，这岂不是'久旱逢甘雨'呢？……可谓是迟来的甘露。但总算给盼来了，就让华夏文化在这甘露的滋润下，茁壮成长吧！"

我想还是不要扯得太开吧。读过林万里的《九个傻瓜加上一个笨蛋》的朋友们，一定会为印度尼西亚华文的新境遇而高兴，为印度尼西亚华文作家们的前景而欢欣。

　　此次在文莱再晤林万里，想起印度尼西亚华文文学界数十年来在逆境中挣扎、苦斗，想起今天他们可以豪迈地驰骋文坛，可以愉快爽然地与亚细安各国及世界各地文友交往，并肩前行，我不禁长长舒出一口气。八年前我在《美好的希望》一文中，借用印度尼西亚女作家茜茜丽亚的几句诗，与印度尼西亚华文作家共勉。此刻，请让我再一次引用，再一次与林万里和印华众文友共勉：

　　　　然而，只要还有明天，还有未来，就还会有希望——

　　　　崭新的，美好的希望！

旧歌浓情

夜开始深，W君来电话，问我记不记得一首歌：《可怜的秋香》。我说："记得。七岁那年唱的。"他说他想问我歌词里"金家她记得，银家她记得"，是"金家"、"银家"，还是"金姐"和"银姐"呢。我说是"金姐"和"银姐"。说着，两人在话筒中低声齐唱起来：

> 太阳他记得：
>
> 照过金姐的脸；
>
> 照过银姐的衣裳；
>
> 也照过幼年时候的秋香。

最后，竟然不约而同提高声音：

> 可怜的秋香！

可怜的秋香！

可怜的秋香！

可怜的秋——香！

互相见不到脸孔，然而他的兴奋与欢欣之情感染了我，两颗老年的心，一下子回到了七十年前30年代的氛围中……W君说正赶写一篇文章，其中要提到这首歌曲。我本来有好多话要跟他畅谈，也只好作罢。放下听筒后，我的心一直处于亢奋的波涛中，几句平易的歌词与曲调，勾起太多蒙尘的记忆——

七十年前，在胶园中一间只有十多人的小学里唱的这首《可怜的秋香》，居然至今还记得几近完整。但我猛然想起，W君赠我的《中国名歌（独唱歌曲）二〇一首》里头，不是就有这首歌吗？于是急步上楼进入卧室，从床头一沓书中抽出了这歌本，翻开来，又独自把《可怜的秋香》唱了一遍又一遍。当然，声音放得低到不可再低。

夜渐深，屋内屋外一片静寂。然而，我的心，就是不平静。

是这本"二〇一首"把我带回到幼年、少年和青年的时代，是这本"二〇一首"，重现了我们这一代人的艰苦历程。国家民族多灾多难，大好河山支离破碎。这本歌曲集中好多首歌，我们曾在欢乐聚会中唱，曾在饥寒交迫挣扎中唱，曾在奔跑于纷飞炮火中唱，也曾在高墙围困的牢狱中唱……

数十年弹指间。动荡的年代，火热的岁月，离去已经越来越远了。往事如烟，然而，我以及好多好多从当年风风雨雨中跋涉过来的老人们，永远不会忘记已逝的梦。

尽管过去的事多已淡忘，但奇怪的是，数十甚至百首以上的老歌，大多依稀记得，有不少首还记得很完整，能顺口就唱出来。当年曾经响彻中国大江南北和东南亚各个角落的抗日歌曲，于今唱起来，胸中仍如当年一样沸腾。每唱起《松花江上》，唱到"哪年，哪月，才能够回到我那可爱的故乡？"尤其是最后的"爹娘啊，爹娘啊，什么时候，才能欢聚在一堂？！"破闸而出的泪水，是怎么也禁不住的了……

感谢 W 君赠我这本《中国名歌（独唱歌曲）二〇一首》。我接受后，就一直放在我的床头。不论什么时候，我想唱，毫不费力就能拿到。

此刻，我翻开书的扉页，上面是 W 君苍劲的行书："带给我们的歌手。"签名后面是日期：一九九八年九月十日于北京。

两年前，千里迢迢，特地托人带来赠送给我，此情此意，令我感动。

W 君竟然把并非歌手的我称为"歌手"，而且冠以"我们的"，令我有点懵懂。思之思之，有所领悟：是督促，是勉励，也是鞭策，是要我不忘苦难岁月中走过的途程，是要我珍惜现在的寸阴，不可懈怠。

　　我不是正牌的歌手，但我可以唱。此刻，请让我从这二〇一首歌曲中，找出几句来唱赠 W 君：

　　　昂首怒放花万朵

　　　香飘云天外

　　　唤醒百花齐开放

雨中艰险的山路

我不会忘记，那一天凌晨，雨中的美斯乐。

雨，像密集的箭，射住行人的脚步。

层层凝浓的雾，锁住了山峦，锁紧了人的心。

雨，下着，不停地下着。

雾，锁着，越锁越紧。

我们几个人，被困在街的一角。

从昨天我们上山后不久，黄昏时分雨就开始肆虐，倾泻而下，整座山被袭击得抖抖颤颤。

我们庆幸雨前上了山，却又担心了：这雨，把什么路都封了，今天能下山吗？

何况，我们租的那辆车，刚上得山，便掉转头向山下而去。司机说："有急事，明天早上一准回来。"……此时，回得来吗？

正议论间，雨帘中隐隐出现一辆熟悉的车影，不错，是这车，昨天载我们上山的车！

人都难走，他是怎么驾车上来的？

惊异未了，却又知道了：他刚从山下数十公里外的医院赶回来，上这山，又是几十公里。——他的母亲病在医院，因为事前有约，他昨天如约把我们几位曼谷来客送上了山，便急匆匆冒雨下山赶往医院，今天天不亮，又赶回山上来……

雨，渐渐小了。

山路蜿蜒盘旋，有的角落被雨水冲坏了，裂开口，像要咬人。

多么艰险的山路！

好天气的大白天，尚得用十二分精神驾车。可我们这位司机，在滂沱大雨中，在无星无月的黑夜里，在浓雾密锁的迷蒙间，下去，上来……

山路，再艰再险，吓阻不住一颗爱的、孝道的心。

到山脚，司机建议我们换租车子进城，他要再赶往医院。

我们说，不换车，且慢进城。我们租你的车，先一同到医院。

他微笑，双手合十。

雨后的天气，分外清朗。

连夜连日上山下山奔驰的这车，不知倦。

小夜莺

河边柳荫中夜莺儿在歌唱，

歌声充满了凄怆。

可爱的人儿最难忘，

勇敢向前莫再彷徨。

夜莺儿小夜莺儿啊！

唱吧，唱吧，尽情地唱吧！

唱尽了人间忧伤。

这是一首流行于第二次世界大战前后的苏联名曲《小夜莺》，十分感人。当年我时常唱，几十年后的今天，我仍不时地唱。

我喜欢唱它，不仅因为它的婉约，它的情伤，它的鼓舞人乐观向前，更主要的是，我认识这首歌曲并开始唱它，是在被囚于日本法西斯监狱的岁月中。

1941 年 12 月 8 日，日寇挥军南侵马来亚。翌年 2 月 15 日新加坡沦陷，从此，新加坡人民被践踏于兽蹄下，不少抗日志士被捕被杀。7 月 24 日凌晨，我和一批同学被捉进日本宪兵部，受到严刑拷打，先后以参加"学生抗日会"罪名被判入狱。

《小夜莺》是在狱中学来的，是一句一句跟着小董学会的。

我进狱数月后的一天，新来一位小弟弟，看过去不会超过十五岁，瘦瘦长长，脸尖而秀。当天晚上，我正在黑暗中静坐冥思，忽然有悠悠歌声传进我的耳朵，凄凄切切，委婉缠绵：

……
夜莺儿小夜莺儿啊！
唱吧唱吧你尽情唱吧！
唱尽了人间忧伤。
……

细细听去，歌声来自我右隔壁的囚室。啊！是今天新进来的小董，不会错！我想起早间在工场一起劳动时，他跟我谈过话，我介绍我姓杨，他介绍自己叫小董。是的，是他！

震耳的擂门声，和马来语"低洛！低洛！"（睡觉）的呵斥声，把悠扬的歌声斩断了。

每天工场午餐后，有一小段歇息时间。我利用这些时间向小董学会了《小夜莺》。

在囚室中，小董继续唱歌。警察（狱卒）不制止时，他唱了一曲又一曲：《旗正飘飘》《满江红》《松花江上》《长城谣》……当然，不会忘记唱《小夜莺》。

小董的歌声，纾解了我们躯体创伤的痛楚，燃起了我们的斗志与希望，鼓舞我们正视现在，瞻望未来。

我们不再叫这年少的歌手小董了，都称他"小夜莺"——他唱《小夜莺》，而他自己，不正是一只歌唱忘倦的小夜莺吗？

我期满出狱前一个晚上，小董偷偷唱了《小夜莺》与我作别。算刑期，小董再半年也可以回家了。我们相约，出来一定要找我，一起喝咖啡，一起唱《小夜莺》……谁知此一别竟然成永诀！出狱后，我曾冒险照他给我的住址去寻他的家，开门的却是新搬入的房客。一次，在街边遇到一位出狱的同学，他告诉我，"小夜莺"回家后，待不上一个月，便瞒过家人到内地上山去，投身马来亚人民抗日军。

思念，期待，盼望，我相信，终有一天能再与"小夜莺"聚首，听他纵情讴歌。

日寇投降后，我多次到人民抗日军办事处打听，好不容易问到了消息，却是个晴天霹雳，震得我几乎站立不稳：小董在一场与敌遭遇战中献出了年轻的生命……

在一次追悼抗日英烈的会上，我上台去唱了小董教给我的《小夜莺》。

小董英勇的灵魂永息了，但他坚毅的仪容，他稚气未泯却充满智慧的眼神，我永远不会忘记。他的《小夜莺》的感人旋律不时在我心中回荡……

"小夜莺"去世已过了半个世纪，但他的身影却常飘来我身旁，唱起《小夜莺》。

啊！此刻，我听见他在唱，而我也唱：

……

夜莺儿小夜莺儿啊！

唱吧唱吧你尽情唱吧！

唱尽了人间忧伤

……

英姐

住在我们这条巷里的人，都喜欢英姐。

三十多岁的英姐，健康而勤快。每天，天刚发亮，当同巷人家正陆续起身盥洗的时候，她已经坐在水龙头旁边洗衣了——这是她的职业，靠一双磨厚了皮的手，一天洗几十件衣服，不管晴天雨天。

一件件地洗，一件件地熨，然后是一家家地去送、去收。这，够她忙碌的了。换上别人，大概一有点空闲便赶快去躺一躺舒舒筋骨。英姐不这样，总是利用稍可休息的间隙，动手做有益于同巷众邻的事。最常做的是洗扫巷子和清洁公用厕所。我们这条巷虽只有二米宽三十米长，单个人洗扫一次也颇为吃力的。英姐天天一个人洗扫，却从不见她皱过眉头。厕所，有两间，建在我们巷最末端的死角。每天傍晚，英姐就一手握塑胶软水管，一手执椰骨扫帚，把两间厕所里里外外冲扫得洁洁净净。此外，她还不定期疏通小水沟，使下雨时小巷不致受淹。

比我在这里住得更久的邻居告诉我，英姐这样做，已足足十年以上了。

十年，三千六百多日，英姐一直不怕脏，不怕臭，不辞劳苦，而且从来没有取过一个士丁的酬金。这，别说在我们这条巷，我想在曼谷也是难得的。

英姐还有一个特点，性情温柔，待人和气。我搬来这里住下好几年了，从未见过她跟谁发生口角，或是跟哪一家过不去。

想不到近日间有人跟英姐过不去。

这人是新搬来的三弟。他刚结婚不久，夫妻俩的新房就在我的隔壁。原先的住户卖粥老王，孩子多了嫌不便，搬走了。

换上一对未有孩子的新婚夫妇，我想我该可以享受一段时间的清静福了。谁知事与愿违，少去了孩子的哭声，却增加了鸟儿的啼声。三弟的两个大鸟笼挂在屋檐下，刚好就在我的窗口旁边。笼子里的宠物，委实多才多艺，不但是天生的歌唱家，还是天生的口技家，天蒙蒙亮便歌声绕梁，间以鹦鹉轻声呢喃"玛尼玛尼"、"猛咋猛咋"，尖声吹口哨以及吹银鸡"哔……"，鹩哥放大喉咙："摆耐摆耐摆耐！"

"咖——啡——咖——啡"。

你或许会说，"春眠不觉晓，处处闻啼鸟"，多有诗意！

我不否认。闲情逸致，欣赏它们的精彩表演，确是一种享受。可对于我，不啻活受罪。你得知道，我是常做夜工的。凌晨上床，好不容易挤进睡乡，声声啼唤便把我从梦中唤醒，醒后总是再难入眠。

我曾想向三弟进一言，请他注意别人的安宁。可我忍住了。能怎么说呢？叫他把宠物放弃，还是叫他缚住鸟喙？

没想到，有人替我向三弟提意见，更没想到的是，提意见的人是英姐。这是一位老邻居猪番伯告诉我的。

英姐怎么能看到我的肚肠里头呢？可能是我跟她谈话时无意流露过吧！加上英姐本就深知我熬夜的辛苦，巷里公用水龙头离我房子不算近，可她每天早晨洗衣服时还总是尽量不发出太大的声响。

猪番伯说，英姐受到三弟好一阵抢白。

从此，我便发觉三弟对英姐很不友好，见到她时不是瞪眼就是冷笑，甚至当众扬言，谁敢动他的鸟儿一根毛，他就把谁头上的毛一根根拔光！

真是岂有此理！谁说过要伤害他的鸟儿？但是，他又没指名道姓，谁又能奈他何？

我很替英姐难受。那天，在哒叻遇到她时，安慰了几句，并且表示歉意，因为事情是为我而起的。

英姐平静地说："没什么……只是，这些天，阿叔能睡好吗？"

我说："算了吧！慢慢就习惯了。"

这是我的真心话。我真希望我快点儿适应新变化，更希望三弟能够适可而止，别再与英姐过不去。

要实现这两点愿望，说难也不太难。人家在枪炮声中尚且能兀自大鼾，我当然可以学在鸟鸣中见周公。至于三弟的无理取闹，我想老是唱独角戏，久了也会自觉无味的吧？

谢天谢地，不久，第一个愿望终于实现了。就是说，我能做到鸟声伴我眠了。

然而，第二个愿望，何时可实现呢？

世界上真有许多不可思议的事！

眼见第二个愿望的实现遥遥无期，怎知突然间出现了奇迹，三弟向英姐负荆请罪。

这事情，要细说你或者会感到不耐烦，还是让我概略地说一说吧。

不知你有没有看报的习惯，要是有，那么，你一定已经看过这条消息了：

"代人洗衣服为生妇人，从收到家中的待洗衣服中捡得中三奖彩票一对，亲自上门把彩票璧还原主……"

这妇人，就是英姐。

那天傍晚，猪番伯买了一张开奖号码单，坐在门口正细心查对自己的财运，英姐走到他身旁，说：

"阿伯，请你对看，中不中？"

猪番伯接过手，一查，禁不住大呼"猜哟！"接着说：

"恭喜发财！三奖！"

英姐从他手中抢过号码表，七个号码，对了又对，三奖无误！但她显得很平静，说：

"不是我的，我现在就拿去还人。"

回转身，一溜烟小跑而去。

翌日，邻近巷的油漆工李兄上门来向英姐道谢，巷子里的人才知道英姐如此大仁大义！登时全巷沸腾。这一天恰逢礼拜日，大多数大人小孩都在家。众人围住英姐，赞不绝口。经过众人力劝，英姐终于收下了李兄的谢礼——三万铢的大红包。

李兄刚辞归，突然半路杀出个程咬金——三弟从房门口冲到英姐面前……大家本已散开，此时又都站住了。

"对不住！英姐，真真对你不住……"

不知谁带头鼓掌，刹那间，掌声四起。

取得英姐的谅解后，三弟搬了梯子，爬上去动手摘鸟笼，一面对着我说：

"阿叔，我不养了。以后不吵阿叔。"

我说："养吧！我习惯了。"

考试

　　挽立按照报纸上刊登的征聘启事，一次又一次寄去应征信，每次都附去履历和半身照片。算起来，前后已寄去二十封信了，先后得到的复信，措辞虽都客气，可没有一封实现他的愿望。

　　几天前，他又寄出去一封应征信，照例附上履历和半身照片。

　　经过多次失败，挽立对这一次的碰运气，当然不敢抱有太大希望。可也奇怪，信发出后还照以前各次一样焦急地盼着回信，一面暗自向佛祖祷祝，祈求佛祖佑助，使他获得一份职业；一面却又担心，唯恐接到的回信再一次使愿望落空。

　　这一次公司的复函出乎意料之快，快得使他更加坚信里头装着的不会不是坏消息。他急忙拆开，复信没有说些什么客气话，只简要地说，公司从众多应征人员中初选了三十名，准备再在这三十名中考取十五名，请他五日 (星期五) 上午十时，前往公司应试云云。

"可能是个好兆……"挽立想。在学校时，他各科成绩皆不落人后，所以他感到颇有信心。不过，信中并没说明考什么，这倒叫他不免有点隐忧。既然不知道该准备些什么，他也就不再想下去了。"今天拜一，还有四天才考试，不如去问问乃通，他或许会告诉我些什么。"想着，挽立立刻开动摩托车，向素坤逸路而去。

铁马飞驰前进，摩托有节奏的鸣响，像乐曲一样好听。他忽然预感到他的考试成绩将会是优良的，不是吗？昨夜他明明梦见他通过考试，被公司录取了。这么说，现在是去上班。他不觉哑然失笑，想职业想得有点那个了……

不过，那明明是个好梦，梦中的经理是个中年女士，风度令人起敬。经理女士着实称赞他一番，说他是个有前途的青年！

也许是有点自我陶醉，他胯下的铁马竟然脱了缰，几乎向前面一辆十轮货车撞去。他急出一身冷汗，来一个急刹，车子向路旁一棵树冲过去，连人带车，撞翻在地。

谢天谢地，没有生命危险，只是手脚擦伤了。他迅速坐起，喘息了一阵，终于能够起身去扶起摩托车。正想试着能不能再骑，突然伸手摸摸裤袋：糟糕，钱包掉了！便到树边去寻找。东摸摸西摸摸，好不容易才在路边花丛中找到了钱包。这时，他意外地发现一个女式手提包，便顺手捡起来，打开一看，里面有几十张五百铢票面的钞票，还有一百铢、二十铢、十铢的，以及一些女人出门用的化妆品，还有一封信。

星期五这天，挽立依照指定时间，来到了考试地点，许多应试者都比他早到。挽立进入"考场"，刚赶上分发试卷的时刻。

第一项笔试过去了，男女"考生"们分散在走廊休息，等待第二项笔试。挽立斜靠在椅背上，回想着早间自己的答案，十道题都答了，但自知答得并不出色。望着其他"考生"，有的正与熟人谈笑风生，有的正枯坐沉思，有的正凝神远眺，有的神色紧张。猛不防一阵刺骨的疼痛，从胸部传散开，几乎整个上半身无一处不感到刀刺一样的疼痛。一阵目眩，他不得不迅速坐下。

"哪一位是乃挽立？"

挽立强振精神，睁开眼。询问的是一位小姐，穿着这公司的浅红衣深红裙制服。

"我是。"挽立轻声回答。

"经理说，乃挽立不用考试了，请跟我来。"

挽立不禁一怔，心想，糟了！经理不让我考试？为什么呢？……一面沉思，一面跟随着那小姐走进电梯。当电梯急速上升时，他才发觉该问一问她要带他到什么地方。可是，来不及了，出得电梯，小姐指着经理室的玻璃门，说："先生自己进去吧！"

"是你，你是公司经理！"挽立几乎喊出声来。但他终于没敢喊出来，而是随着经理一声"请坐"有礼貌地坐下。

这位中年女经理，挽立曾见过一面。那是他捡到了手提包以后，按照所发现的地址找上门送还失物的时候——手提包里除了现款和化妆品，还有一封信。当时挽立就根据信封上的地址去寻访，他相信可以访问到，因为失主不是收信人，也可以从收信人打听到失主的。那是前天晚上的事，接见他的就是现在面前这位女士。那晚，她细看了手提包，又看了信封，高兴得不得了，对他连声道谢和称赞。她说，虽然这不是她的失物，而是她妹妹的，她一样地感谢他，并且一定很快就转交给她妹妹本人。当问清楚是在什么地方捡到的时，她想了一下笑了说，她妹妹也是骑摩托车差点撞车，幸亏闪避得快，擦着一棵大树跌倒，回家时才发觉手提包丢失了。她妹妹找了好久，也曾到跌倒的地方去找，就是没有找到。"她最急的就是这封信，那是一位在美国的朋友刚刚寄来的，找不到这封信，回信的地址就没有了。"

女主人一直挽留他尝尝她亲手制的蛋糕，和她从朋友园中采来的良种芒果。挽立素来腼腆，一一婉谢了。她请他多坐些时候，她妹妹就要回来了，他感到不好意思，坚决起身告辞。女主人留他不住也不再勉强，但坚持要他留下姓名和通信处。出到门口，她抽出一沓五百铢的钞票硬塞到他手上，他怎么说也不肯要，挣扎得脱，撒开脚便跑⋯⋯

现在，挽立憨憨地望着面前这位女经理，猜不出她叫他来干什么事，"再送钱给我吗，当然，不能要！"

女经理开了口，笑吟吟的："我刚从报表中看到你的名字和住址，对了对照片，果然是你！"

"可是⋯⋯"挽立嗫嚅地说，"我得快去考试⋯⋯"

"不必啦！"女经理说，"你已经考及格了。你被录取了。凭你的诚实，公司给一个适合你的职位，好好努力，前途无量。"

被弃的《生命之旅》

我半躺半坐在沙发中，正埋头读希区柯克的神秘小说，门铃声把我催起身。

一开门，M君铁青而扭曲的脸，把我吓了一跳。

我知道他的脾气，此时最好不要问他什么，否则他会踢我几脚。

待他进得门，跌坐在沙发上之后，我把茶壶和杯子推到他面前。

看着他喝完一杯热茶，我算算，可以发问了："怎么？在家里受可爱的太太惩罚，被棍子驱逐出境，是吧？"

"别开玩笑！我要杀人！"

这回我真的不知所措了。

M君一骨碌猛站起身，伸手从后裤袋拿出一本书："你瞧！"

我接过手，不免为之愕然。这是M君去年底自费出版的一册散文集《生命之旅》——这集子名，还是我帮他想出来的。我很佩服 M 君的写作毅力，年近六旬，晚间到报馆做到深夜，却还是早早就起床伏案写作。他写小说、写诗、写散文。他说他最喜欢写抒情散文，我跟他说我爱读他的散文。他一直想出书，直到去年，这个心愿才初次实现。从编辑到校对，我给他不少的助力。新书问世的时候，我和他一同分享极大的欢欣，他请我喝名贵的酒，我喝得昏天黑地，他则又唱又跳又叫……

往后，我又帮他忙碌了好几天，把他的心血结晶一一分头赠予友人与社会名流。

此刻，我端详着这本不知怎么落到 M 君袋中的《生命之旅》，急着要查明它为什么会引爆 M 君的火药库？

扉页上有我写的毛笔行书：

"×××先生雅正。"

下面是 M 君的签名和日期。

这位×××先生在泰国有相当名望，生意做得不小，素来以热心社会公益和华文文化见称。虽说我近年间越来越健忘，可怎么说也不会忘记那天送书上这位贵人高第的情景，气氛实在好得不能再好了，他显得甚高兴，把油墨味刺鼻的《生命之旅》徐徐翻阅，连声说道："好！好！"

我不开口。果然，M 君坐下再喝下两杯热茶后，站起身，说：

"你说！我诚心诚意把书送他，他却把人家的心血当废物卖了。我是在那个诀吗楷^①的车上发现的，把它买了回来……"

"你的意思是……觉得受了……"我斟字酌句，"……受了侮辱？"

"我要杀人！"

我差点跌落手中的杯子。我真怕他突然抢进我的厨房，抓起刀子冲出门去。正想上前把他抱住，他却坐回到沙发上。

显然，M君说的只是气话。叫他杀只小母鸡，恐怕还会手颤。"杀人"、"杀人"，喊几声消消气也不坏。不过，我不想开他的玩笑，此时他一定伤透了心。我不得不鼓起三寸不烂之舌，用无形的手给予他柔和的抚慰。

我告诉他，我发表的作品，估计读者就只有我自己，如果发现有第二位读者，我会兴奋得要死，若是再发现有第三位，我会认为是破天荒。我顺口背诵出剑曹先生的打油诗："一稿冷热篇，二三四百字，五六七次改，八九十人读。"继之讲了个故事：有位名诗人，在一次宴会上碰巧与某座山^②同席。经介绍，座山对诗人大加称赞，说诗人的诗作，他常

①诀吗楷：收买旧报纸、酒瓶的人，泰语潮州方言音译。
②座山：对大富翁的称呼，泰华潮州方言。

常读。诗人受宠若惊，提出一首自认为应有较多读者的诗向座山请教，弄得座山好不尴尬……

好说歹说，M君的火焰山到底被我浇熄得七七八八。

望着M君瘦长的身影进入"的士"离去，我的心中像灌满了铅和锡。我料想他回家后一定没有胃口，晚上一定也难以入眠。

这一晚，我怎么也没法进入梦乡。

我们的祖宗有句话："士可杀不可辱。"人家恭恭敬敬地把新出的著作送上门，你不读也罢，怎么可以当作废品卖掉呢？这不太看不起人了吗？这不辱人太甚了吗？

书是我送上门的，而今还该我上门，问一问。

我素来有好好先生之称，我极不愿意上×××先生的门去自讨没趣，尤其是不愿去得罪他。然而，为了M君，我终于硬着头皮登上三宝殿。

接待我的是他的夫人。她说，先生去了香港，上个月头去的，预计下月初回来。当然，她没忘记问我有什么事，她能不能给我帮点忙。

我一时不知从何启口。事先拟在腹中的话稿，都不管用了。嗫嗫嚅嚅，才把来意讲下个概略。直至我把随身带去的被抛弃的《生命之旅》亮了出来，她才弄明白我讲话的大意。

她接过书，左看右看，毕竟曾经读过几年国小，眼光接触到扉页上的"×××先生雅正"的墨迹，便记起了一些什么。

"啊！"她说，"我记得的，那天是你拿来的。他跟我说过，文章写得好……"

我差一点儿站起来指着她理论："你装的什么蒜？文章写得好！好得你们把它当废品清除出去……"

但我极力忍住，不发作，也不露声色，听她继续讲。

"小不忍则乱大谋"，这话果然妙不可言。她几句话，竟一下子把我的怨气、恼气、恨气、火气等气都冲光了。她连声道歉，我也道歉连声，急匆匆告辞。

回到家，马上给M君去电话，告诉他："你错怪了×××先生。事实上，可能是他孙子的杰作啊！"

×××先生去了香港。他的夫人近日清理睡房，让用人把一堆旧书报和其他废品一起卖给诀吗楷。《生命之旅》所以会落在准备丢弃的旧书报堆中，想必是小孙子出的力。

M君放下电话，飞一样赶到我家中，把我拉到香格里拉去共醉。

"这么说，"M君半眯缝着双眼，"泰华文坛还不是太悲观……"

"是的。"我呷了一口马丁尼，"不太乐观，也用不着太悲观。"

春风桃李

"不如归去……"

丁玉懒洋洋地斜坐在沙发上。这酒店的服务生把冷气开得太大，阵阵"寒流"袭击得他有点受不了。但是他懒得站起身走过去调节一下。

此时，他头脑里反复地浮现着："不如归去……"

飞越重洋，来曼谷探亲，想见的亲戚朋友大都见过了，想重访的旧地大都访过了。父母亲的陵墓也扫过了，哥哥忙生意，姐姐虽有闲，却已老迈，不可能陪游得太久……亏得那些昔年的学生们，闻得老师来到，纷纷前来会晤，轮番请上酒楼，邀他游赏名胜古迹。忽忽间两三个月就过去了。他已订好机票，准备三天后飞香港。此时，他突然感到疲累，也说不清是肉体上还是精神上的疲累，仿佛是一种目的已达的满足所带来的"饱"。"不如归去……""不如归去……"

电话铃响。

电话里洪亮的男声有礼貌地问候后，自我介绍是昔年的一个学生，姓侯名戴陶，说是几天前才听知老师来了这里，现在想来拜望老师。

放下电话筒，丁玉在脑子里翻查他教过的学生花名册，赵钱孙李，周吴郑王……就是想不起有姓侯的……"算了！别伤脑筋。"他打开旅行皮箱，从一个角落里翻出一本通讯录，查了一阵，还是没有这个名字。

直到侯戴陶本人来访，丁玉再三端详这一位发了福的中年人的相貌，还是想不清楚曾在哪个学校教过这个学生。唯一清楚的是，名片上印着，这位学生现在是本京一家颇有名气的染布厂的总经理。

丁玉不得不问道：

"你是培英毕业？"

"是中华。老师，你现在有时间吗？"

学生盛情请老师去上酒楼。怎么好意思不去呢？何况今日不知怎的心头有点闷。丁玉也没说什么客套话，便随着这位突然出现的弟子前行。

白色"奔驰"轿车风驰电掣，越过几道桥，在一家傍水的酒楼前停下。

总经理请老师步入一间小厅。

"起立！"

音未落，只见厅中七八人，肃然齐起，直挺挺地站定。

丁玉一时手足无措。数十年来，先是在泰国，后来在广东，一直从事的是教育工作，早已听惯了这上课时的"起立"声。即使现时已退休，也仍然是熟悉这喊声的。可是，这一回，他竟然瞠目而立，两只手没地方放。

尽管眼睛已花，他还是看得出毕恭毕敬地直立在面前的学生们，一个个都过了不惑之年。

仿佛时光倒流，眼前这几人都变成了少年，丁玉自己又回到青年时候，又回到椰树荫中的课堂，又站立在讲台上向他们讲解国文课。……不过，也只是短暂的一瞬，眼前又复原了酒店的厅景，学生们频频向老师敬酒，祝老师身体健康，长命百岁。

这几人，是当年同班校友，其中有一半丁玉近日间见过面。岁月倥偬，如今能凑集同班级的四分之一校友一起聚首，真不容易啊！

想着想着，脱口而出：

"若是全班同学，能聚会一堂，多有意思！"

侯戴陶站起来说：

"老师，我们这个班同毕业的是三十一人。上帝保佑，百分九十还健在，文灵和雪丽不幸病亡，怀恩去了美国。现在在泰国的有二十八人。老师，你看看，现在在这里向你敬酒的八人，都是男同学。你知道为什么吗？"

"我来说吧！"一个戴眼镜的站起来说。丁玉认得出是唐大克。——他的名字特别好记，由于个子大，当年同学们把他的名字掉了一下，叫成"大坦克"。现在，"大坦克"开动机器了："老师，我们是特地来向你道歉的。也许你早已忘记了，不过我们不会忘记。我们八人，有一次，约齐抓了木虱①到教室里，上你的课时，暗暗地放到你的衣服里去……"

丁玉笑了起来："真有这回事？"

"真的，老师，真的。"侯戴陶说，"下课后，我们看见你去冲凉房换衣服……"

"可为的什么呢？"丁玉迷惑不解。

戴陶说："老师太严。我们读书差，读得很辛苦，两天一次默写，我们几个人，也就是我们这八个人都怕。那一次老师叫大家一下子背八篇课文，要默写，又要堂上口头背诵，求你减少，你不肯。我们背不好默写不出，给先生责备得受不了……"

唐大克抢着接下去："我和戴陶商量，想出那次的恶作剧。老师，现在在场的人，那时都有份。老师，请你原谅我们！"

场上一片寂静，十多只眼睛，深情地望向老师。丁玉依稀记起，似乎曾有一次下课后周身痒得难耐，匆匆忙忙到冲

———————————

①木虱：潮州方言，即臭虫。

凉间去换衣，但他无论如何不会想得到，是他的学生做的好事。说实在，要是那个时候被他发觉的话，他一定免不了会大发雷霆，惩罚惩罚恶作剧的"猴头"……时间，无情地飞逝，眼前这些调皮孩子都快是老人了，还来请求原谅啊！

丁玉不禁泪水盈眶，徐徐起身，抑扬顿挫地说：

"同学们，朋友们！事情早过去了。我从来没把这事记在心上，本来无须提'原谅'二字，因为我不知道你们曾经这样做。但是，你们太使我感动了，你们做错这么一点小事，竟然永远不会忘记。同学们，我不但在口头上原谅你们，就是在心的深处，也彻底原谅了。而且，我应感谢大家，你们太善良了，你们让我增强了做人的信心，看见了希望在人间！"

一阵掌声过后，戴陶高高举杯，喊一声："猜！"众人齐呼"哟！"

"猜——哟！"

"猜——哟！"

声浪震动四壁，久别重逢的师生们心情激荡。

有人唱起：

忘不了，

忘不了，

立即，齐声合唱：

忘不了你的错，

忘不了你的好，

忘不了雨中的散步，

也忘不了那风里的拥抱，

忘不了！

头奖后遗症

　　每天黄昏，他就从他的卧室走出来，弯着身子，两只手在地上东摸西抓，摸遍了客厅各个角落，又越过门槛，到屋前人行道上摸索，甚至连门前一个垃圾箱，也被他翻腾个遍，直至精疲力竭，才垂头丧气地趔回他的卧室去。

　　人们告诉我，他这样做，已经是好多年如一日了。我完全相信，因为自从我迁居到这条街的第二天黄昏，这个人的怪诞动作便引起我的注意。以后每当我黄昏回家时，一定会看见这个人在做着同一件事——弯着腰，像在地上爬一样，全神贯注地在寻觅什么特别贵重的物品。

　　这人看来已颇有年纪，至少有七十岁了。白发如霜，脸孔却是红喷喷的。总是穿一条唐装长裤，围一条又粗又阔的银裤带，赤着足和赤着上身，即使下雨，也是如此。

　　奇怪的是，老人的怪异行为，一点也未受到家里人的阻难，我从不见他家人说他什么，甚至好像根本就没这么一回事。当他正弯腰忙得不亦乐乎时，家里大大小小，看电视的看电视，吃东西的吃东西，似乎并没有这样一个怪老人的存在。而当他伸手在垃圾中搜索时，家中也没任何人看他一眼。由此，我想这老人必定是精神有问题。我的猜测没有错。后来，从一位邻居的口中，知道他每天黄昏那么辛勤劳作，是在寻找彩票。

"什么彩票？"

"就是现在你天天看见的一对二十铢的'乐得利'。"

"他找来做什么？"

"做什么？第一奖——头镖！给你中，你要不要？"

"我当然要呀！"

"哈哈！你当然要，他更当然要！他中了头镖。"

"中了怎么又要找？难道丢了不成？"

"是的，丢了！所以他天天耐心寻找，不找回来绝不罢休。"

邻居这样回答我的问题，更把我推入五里雾中，我求他别故弄玄虚，照直跟我说。他说："我这全是直话直说，你这么好奇，却又如此急性，反而怪我卖关子。好吧，耐心听我从头道来。"

我新结识的这位邻居说话颇为风趣，但又喜欢转来转去绕圈子，为使读者方便，我把他的叙述作了一番整理。

老人姓柳，昔年在挽叻（泰国县名，隶属曼谷）开一爿小店铺，为人忠厚，勤俭朴素，除日间品点佳茗之外，烟酒不沾，从不涉足风月场所，赌博一事，更不染指。但是，关于他没有赌博嗜好的说法，有人不同意，理由是他常买彩票。其实，这样的评断是有点强词夺理的。第一，他向来不买私彩，赌从何来？第二，他买公彩，也很节制，每回只买一对，绝不超过。

他买彩票，不是自己上街去挑选，而是一位远房亲人阿嫂按时送上门。什么号码，他毫不计较，但是有一条不成文的规例，就是只能一对，而且必须是开彩当天上午给他，即使提早一天半天送去，他也坚决不买。

亲人阿嫂每月上门两次，每月卖给他彩票两对。月月如是，年年如是。他偶然也中过尾两字三字的奖，但并无奢求，似乎只为买彩票而买彩票，中不中奖，倒是不关紧要。或者可以这样说，中了是意外，不中是当然——这叫作"知足常乐"吧。

一个人要做到"知足常乐"，确是不那么容易的。这位姓柳的先生，能做到这一点，倒也常为人所称道。照理说，他的生活应该是像一个平坦的湖，或者俗语所说的"平安当大赚"。然而俗语也有一句："在家坐颓颓，祸在天上飞。"那一日，亲人阿嫂照例在午膳后送彩票上门，照例放在茶几上，照例用几上的一个茶盘压住彩票，便向主顾收款。柳先生像往回一样，并不去看什么号码，付款如仪。

"不对！"亲人阿嫂说，"这回我拿了两对来。"

"我只要一对。"柳先生说，"你是知道的。"

"我知道，不过，这回例外吧！……"

"为什么要例外？你拿回去。"

"你也太固执了，我只存这一封。你就收起来吧，说不定头镖。"

"不要就是不要！"

但是亲人阿嫂走了，只听见她一面走一面喃喃地说："这一对以后才还钱……"

换上别人，大概也就这样算了，多买一对有什么大不了？可我们这位柳先生，人本来随和，就是这一件事特别固执。亲人阿嫂后脚出得门，他便催促儿子立刻把一对彩票拿去退还她。妻子儿子女儿们都说何必如此，劝他把彩票留下。他硬是不肯，甚至动起肝火，连嚷带吓叫孩子照办。大男孩说："好，我先把号码记下来，今夜开奖，若是中头二三奖，看你痛不痛？"一面说，一面用大大的字记在一张纸上，收进抽屉，然后出门去退还彩票。

事情偏有这么巧，一开奖，退还的那对彩票的号码，竟是头奖的号码，家里人把号码逐一对过，而且是反复校对，结果是分毫不差，是第一奖，头镖！

……

往后怎么样？我的那位邻居只叙述到这个地方，便不继续叙述了。我催促再三，他瞪了我一眼，说："往后，往后，这你不亲眼见到了？"

我觉得似有所悟，但还是问："但是，他怎么就变成这样子？是他自己退还他亲人阿嫂的嘛！"

"他精神一错乱，哪还记得什么退还不退还？其实正是到手一笔大财，被他退还人家，这才引致精神错乱。而精神错乱以后，他倒忘记了退还一事，他口口声声说是被风吹落在地上，被扫到什么地方去呢！"

听完故事，不免感慨系之，顺手记录下来，一时想不出该如何命题，只好杜撰此名词："头奖后遗症"，自知不通，但想不出别的一个。

缠放泪

现在的年轻人，大概无从想象，好好的一双脚，为何非把它缠成"三寸金莲"不可？或者应该这么说，现在的年轻人，根本就不知道咱们居住的地球上有个角落，曾经有过"缠脚"这么一码怪事。

我特地翻查了一下《最新中泰大辞典》，看看"缠脚"一词怎么译。没有泰译，只有两条注释。一曰：用布缠绕脚掌使它小而尖；一曰：脚掌用布缠绕使小而尖。两条注释，同一意思。这样的注释，应该说是够清楚的。不过，如非亲眼见过缠了的脚，单看这样的注释，是想象不出缠脚的样子的；至于缠脚者所经受的苦痛，那就更无从想象了。我想，即使是华文辞典，也难于在注释中说明此一身受者的苦楚。

于今，如果有缠了脚的妇女，在街上艰难地移动莲步，我想，谁见了一定只会觉得滑稽可笑而已。我自己就曾经是如此感受的观众之一。那是几十年前的事了，记得当时不但在心里头暗笑，而且还对其嫌恶，认为是时代的落伍者，认为那样一双畸形的脚太煞了城市风景，同时，因其是华人的"特产"而感到蒙受羞辱。

但是，我终于为我的嫌恶而微微内疚。那是在学校受到老师的教导和读了一些有关中国妇女缠足的文章，才知道我所曾嫌恶的对象其实是受害者，是应予以同情而不应鄙视的。而其后，听到母亲忆述昔年缠足的惨况，以及后来偷偷放足的骇人情景，竟令我稚弱的心灵隐隐作痛而怅然不安。

母亲出生于潮汕乡间，家贫，自小上山割草，下河摸螺，因此身高体壮，也因此一双脚发育得够大。那时候，妇女的双足是越小越美，"评头品足"，"品"的就是妇女的小足。许多女人自幼就被人用强力把一双天生用来跑走的脚摧残得不便于走路。可我的母亲为了帮助家计，一直到临过门的十六岁时才缠脚。她的一双粗壮的脚，怎么出力也缠不小。于是，只好"出恶步"了，硬是用力把脚掌骨弄折，拿竹刀包在脚底，用布扎了，再用力抽出竹刀，就这样把脚底的肉削了抽出来，然后再撒上矾，把足拗屈着紧紧缠起来。那阵子，母亲说，那是痛入心肺，连头发都疼。她被人死命挟住，挣扎不得，只发出一阵阵杀猪似的叫声……似此惨刑，并非一次就完，而是一而再，再而三……母亲的脚终于被缠成一对粽子一样又小又尖，但比起别的女人，还是稍嫌粗了些，以致过门以后，时不时遭受人们的议论。

原是身强力壮，能挑百多斤飞跑上山下山的她，双足一缠，足小了，人也面黄肌瘦了，从此只能摇摇晃晃徐行缓步……每忆及此，母亲常长长叹息，并且不时对后生女子说："现在你们可好了，不用受这双脚的罪了！"每逢刮风下雨，阴晦天，母亲常常捂着作疼的脚，一面数说："想当年，不能走路已经够可怜的了，现在放了，还留着老数①，算不清……"

　　母亲在对我们忆述当年缠足的往事时，被缠的两只脚是早已经放了，可以轻快大步走路。提起放脚的经过，她常常又笑又流泪。那是民国成立以后的事。男人的辫子剪掉了，女人的脚不准缠了。这，对于中国妇女来说，是一件该载入史册的大事。中国妇女代代相传的此一苦痛终于结束了。但是，当时像我母亲这样的缠了足的人，要把双足再解放出来，却又得经受一番始料所不及的活罪。而我的母亲不但必须忍受这肉体上的折磨，还必须忍受精神上的难言的痛苦，因为她在许多男人还想不通、许多女人还不敢放脚的时候，便偷偷地放脚了。

　　一连好几晚，她瞒着所有的人（父亲早已过了洋，不在家中），躲在房中"放脚"。两只脚十个脚趾骨都断残了，

---

①留着老数：即留着后账，指过去的事情对现在还有影响。

掌骨也受摧残得不成样子，此时力再大也拉不直了，更休谈恢复与常人一样。她发了狠，用大石压，用绳子吊，用竹刀再抽削脚底的肉……别说身受的她，听的人也不免毛发为之竖！以前是折断骨头削肉后向下压屈，捏成"粽子"，这回是削肉后用大石压之，使之伸直，又用绳子缚住向上拉，吊在半空，那血，点点滴地有声，那剐心剜骨的痛楚，比出嫁前缠脚更难忍受，更加可怖。可缠脚时还允许大喊大叫，这回却是一声也不能吭，这是偷偷摸摸地放啊！那时的中国人，即使争一点像头发或脚之类的小自由，也得遭受何其巨大的折磨，何其惊人的艰难困苦啊！

母亲忆述的当年令人心惊胆寒的遭际，我这拙笔，是无能真切表达的。不过，于今仍然记得，母亲谈到她偷偷地跟着少数人大胆自行放脚时，显得很自豪。谈到她那过人的忍受痛楚的耐力时，眉宇间更现出昂然气概。她黑夜偷着放脚，白天还得装回缠着脚的模样，裤管放得长长的在地上拖，走起路来摇摇晃晃——其实她那时确也痛得站立不稳，两足血肉模糊，脚底的肉烂着。……到底她是成功了，虽然不如健康的天足，但能行走自如。"唉！有这双好脚，才像人呢！"她常说，"好在我放了脚，不然来过番①，真会笑死人。"

---

①闽粤方言，旧时广东、福建人称到南洋谋生为"过番"。

母亲早已不在人间，但是，每忆及她曾为双脚所受的活罪，常常使我思及其他当年经受此苦的妇女们，思及我做小学生时看见缠足老妇在街上艰难移步。她们活受了几十年的罪，当然渴望放脚，却是再经不起折磨了，只好继续保持着被缠得残废的一双小脚，继续举步维艰……

笔筒

我的祖父会画画，我的父亲也会画画。

祖父是怎样作画的，我没看过，确切点说，我从来就未见过我的祖父。当我在这热带国土的一个胶园里呱呱坠地时，祖父已经离开了这喧嚣的人世。我只能从照片上认识我的祖父。

我在一张照片上见到祖父在画画：右手握着一支毛笔，低首沉思，长髯垂在胸前，真有点仙风道骨的风韵。那时候我已读小学五年级，懂得"国画"这词儿了，便问爸爸：

"阿公（爷爷）在画国画？"

爸点头，反问我："你知阿公画什么吗？"

展在祖父面前的画纸，在照片中是那么的小，我怎能看得出他正在画的是什么啊！

然而，爸爸却知道。他说：

"画仕女。"

"什么仕女？"

"就是美人呀！"

父亲兴致一起，就会讲起祖父学画的往事，母亲和姐姐，便都走过来坐下一起聆听。

讲的是学画的艰苦与辛劳，不免涉及清末民初的诸多趣事，这是我们孩子最爱听的了。然而，父亲所要谆谆教导我们的是怎样做人。他教给我们的是朱柏庐先生的"治家格言"。

我知道父亲读书不多。听他说，小时只入过私塾，高兴时还讲过在私塾中被老先生用戒尺打手掌的事，还说过先生有时会冷不防地举起戒尺猛击被认为该打的弟子的脑袋。因此，他上书斋时总是戴着顶毡帽，帽子里的头上用布垫得厚厚的。可是奇怪，他每次背诵起朱柏庐的"治家格言"时，却是十分烂熟，既流畅而又抑扬顿挫，你即使听不懂或不全懂，也会为那歌唱一般的书声所吸引：

"清晨早起，洒扫庭园，要保持清洁。按时就寝，关锁门户，宜注意安全。一餐一饭，当思来处不易。半丝半缕，恒念物力维艰。欲强身，常劳动，当立志，尚笃行……"

有一次，我站在父亲身旁看他作画。画的是梅花。只见他手执兔毫，圈圈点点，顷刻间梅花开遍纸面，还有一只小鸟，正对着一朵花出神。父亲说，这是麻雀戏梅。其实，我只对父亲画画这事儿有点感兴趣，至于什么麻雀戏梅，我并不关心，所以，他接下去跟我讲起工笔画，讲起画梅须怎样勾勒，不着色又如何、着色又如何等，我并不去专注聆听……见我神态恍惚，他说："你什么时候开始学画，我再讲吧！"

画画，我是喜爱的，可我想学的是水彩。学校里先生教我们的并不是用毛笔蘸墨画在宣纸上，而是用厚厚的图画纸，先用铅笔打稿，然后用水彩颜料作画。父亲画画有时也是彩色的，可并不是我们在学校用的那些像牙膏一样挤出来的……

父亲为让我多温习学校的功课，也就没怎么催我跟他学画，但是，却不会忘记督促我练习书法。初入学时的"红纸库"，白竹纸透描，他都不怎么管，到写九宫格的时候，他便开始管得紧了。每天凌晨公鸡刚啼，他就把我从甜蜜蜜的梦乡中拉出来，催我去冲个凉，然后命我拿出文房四宝，端端正正坐好，对着像账本一样的字帖，一横一竖，一点一勾，全神贯注地临摹着。

在我小学还未毕业时，表哥便从新加坡前来把我带走了，那是父亲的主意，要我到新加坡去读书。虽然母亲舍不得我离开她的身边，却怎么说也拗不过父亲。再说，到了那儿寄住的是姨母的家，是可以放得下心的。不过，她还是流下了好多眼泪。临行前夕，爸爸除了再三叮嘱，须怎样用功读书，怎样尊敬先生，又须怎样听姨母的训导，怎样与表兄姐们相亲相爱，等等等等，直到觉得叮咛已够了，便到他收藏珍贵物品的小房子里去，从一个从来不准我们小孩子去乱开的箱子里，小心翼翼地取出一个竹制的圆筒来——是一个笔筒。

父亲双手捧着笔筒，无限深情地注视良久，又用袖子在上面拂了拂，然后摆到桌子上，慈祥地对我说：

"乾儿！爸把这笔筒给你。这是你阿公传下来的。那年，你还未出世，我孤身一人远离家乡，临行之时，你阿公把这笔筒给了我，嘱咐我：笔筒身上的格言，你须天天读，天天背，照那格言做人。"

我不觉肃然起敬。双手接过笔筒，细一看，雕在竹皮上的小楷，是"朱柏庐先生治家格言"。

我带着这笔筒离别了家，也带着这笔筒上的格言去学习做人。往后的日子，我每端坐桌前练习书法，或用毛笔抄写作文，就会想起父亲的谆谆叮嘱，想起他寄予我的期望。当然，更不会忘记细读祖父传给父亲、父亲又传给我的那笔筒上的格言。

岁月无情，我的父亲，我的母亲，都已先后离开了这纷纷扰扰的人世间。许许多多旧物，也早已消失无踪。但是父亲当年亲手交给我的笔筒，却是几历环境的改变以及战火的洗礼而依然完好。

几年前，孩子飞往国外读华文中学的时候，送行时我本想双手捧给他这镌刻着格言的笔筒，可终于没那样做。直到孩子毕业后归来，我才学我父亲的样，把这传家宝郑重其事地传给了他。他不写毛笔字，然而，他诚而又诚地把笔筒摆在他卧室的显要位置上。偶尔，我听见他在低声朗读那笔筒上的格言：

"……知过即改，从善如流，尊德乐道，见贤思齐……"

余韵

母亲在世的时候，喜欢唱潮州歌谣和潮州歌册[①]。

母亲出身穷家，自小干粗活，井头汲水，池边洗衣，上山割草，下溪摸石螺……当然没得读书识字。奇怪的是，她后来学唱潮州歌册，竟然识得了好多字。不过，只能用于唱歌册，碰到来番批[②]，还是得请拜过孔子的先生读。

字识得快，这跟她的记性强有关。她讲过，出嫁前她在乡里姐妹群中唱"畲歌"（潮州歌谣），算她能唱。昔年潮州农村，极少大规模的娱乐活动，农闲时候，男的到男闲间，拉弦唱曲讲咸古；女的到姿娘仔间，绣花，谈女孩子心事，

---

①潮州歌册：潮汕地区民间说唱文学的一种，由唐代以来的潮州弹词演变而成。
②番批：潮州方言，指华侨寄回家乡的钱或信。

有时赛唱歌谣，潮州话叫作"斗畲歌"。

"一千八百哩来斗，三十四十勿磨来……"——听这挑战，多有气派！非有满筐满箩的"畲歌"在腹中，是没资格参战的！

听母亲说，她常是优胜的一方，可见。她肚子里储藏的歌谣之多了。她跟我们忆述这类往事时，已是子女成群，且跟古老的故乡告别多年了，然而少时唱过的歌谣她几乎全部牢记着。那时候，我们家住山巴。山巴的夜，静得神秘，在风声和虫声中，母亲兴致勃勃地唱给我们听，又教我们唱。

唱过《天顶一粒星》：

> 天顶一粒星，
>
> 地下开书斋。
>
> 书斋门，未曾开。

唱过《天顶一只鹅》：

> 天顶一只鹅，
>
> 阿弟有亩阿兄无。
>
> 阿弟生仔叫大伯，
>
> 大伯小里无奈何。

唱过《忒桃官路西》：

> 忒桃官路西，
> 阮厝狗仔挂金牌。
> 眠起隆隆走出去，
> 夜昏隆隆走回来。

还有好笑的"天乌乌，骑枝雨伞等阿姑……"，谐谑的"拖呀拖，咸菜颠倒拖……"，等等。时光飞逝，当年唱得其乐陶陶的"畲歌"，存在我脑中的已经零零落落，但偶尔回想，低唱数声，似乎仍有无穷滋味。

母亲过门以后，便开始学唱歌册。唱歌册听歌册的几乎百分之百是家庭妇女。数十年前，女人进学堂读书的极稀少，少数读了书有知识的，便不与普通家庭妇女为伍了。奇怪的是，众多文盲的中下层家庭妇女群中，常常有人会出来唱歌册。这些无名"艺人"，没拜过孔子，却认得几个字，竟然是唱歌册唱来的。我的母亲就是其中的一个。

听母亲说，她刚学唱，还唱得很吃力，便过番来了。过番以后，字认得多些，唱起来流利了。

潮州歌册是租来唱的，一部往往是十数册以至百数十册。我小时见过的都是木刻版本，字大画粗。那时候，有人专门挨家串户做出租歌册生意，随身提着或背着的大布包袱，打开来，真是琳琅满目：《薛仁贵征东》《薛刚反唐》《狄青取旗》《狄青取真衣》《万花楼》《粉妆楼》……都是线装。我记得读小学时，常常用一支又粗又长的大针，替母亲把断了线的歌册修整好。

更加不会忘记的是，幼年的我，常常倚坐在母亲怀里，听着她在一群老少的女人中，用她那富有感情的声调，不急不缓地唱出代代相传的故事。

你很难想象，听歌册的妇女们是何等的投入。故事不到一个段落，或是正当关键时刻，谁也不肯走开一步，甚至连饭都不去吃。听到奸臣陷害忠良，人人咬牙切齿，咒骂声声，恨不得啃他的骨，剥他的皮！听至书生落难，人人眼泪盈眶，到悲惨处，更是放声哭泣。而一朝雨过天晴，苦尽甘来时，当然皆大欢喜，笑声像爆竹点燃。那场景，真是使人动情。

最为缠绵悱恻的，是那些"三三四"、"三三五"之类的唱段，即使我当年是那么小，那么不懂事，也不知陪着落过几多同情泪！

天顶一粒星

"天顶一粒星，地下开书斋……"

我学会唱这首童谣的时候，是住在山巴的一间小屋里。

山巴的夜，常常是很静很静的。

在那充满神秘的静夜，依偎于母亲怀中，听母亲低声吟唱童谣，娓娓地讲述天上人间有趣的故事，那情景，于今忆起，仍然是甜滋滋的。

母亲讲过的故事，有许多许多，如今，大多早已连个梗概也想不起来，只是有关星星和月亮的几则，一直不曾淡忘过。时间已过去了半个世纪，母亲早已仙归，然而我每一望见天上闪烁的星星，望见或圆或缺的月娘娘，耳旁便回响起母亲唱儿歌的甜蜜嗓音。

繁星点点，母亲曾叫我们数数天上有多少星。我和姐妹们忙了几晚，脖颈都仰酸了，就是无法数清……有一晚上，天上群星不知都跑到哪里去了，只有一颗，孤零零地在月亮不远处闪现。正纳闷间，母亲给讲故事了：

"有七颗星，是七姐妹。平时七姐妹相共吃一粒米。有一天，最小的妹妹偷偷把一粒米独吞下去，因此，被赶去单身伴月……"

好寂寞的她！她什么时候才能回去和姐姐们一起呢？——没有人能够回答。后来我发觉，好多小孩子听了这个故事，都对她产生了怜悯之情。我还发觉，此后我从入学读书，到踏足社会，在做人处事上，这简朴的故事是起着作用的，时时在警戒着：为人不可贪。

达官贵人，"天顶有星"，这也是母亲说的。他们各有一颗星，那颗星亮，那人运气就好，暗了，运气也就不佳。我于是问母亲："哪一颗星是我的？"可招来一顿训斥：放肆，太放肆！那时，小小的心灵，是感到委屈的。

幼小时候，常做着飞往月宫的梦。几十年过去了，别说飞去月宫，连西半球还未曾飞到过。而今，知道月球上根本没有生命，许多探索到的行星，也发现不可能有生命存在……尽管如此，中秋之夜，人们依然虔诚拜月，嫦娥依然活跃于许许多多的图画、故事、戏剧、歌曲之中。这些古老的传说，有着何其令人神往的魅力啊！

而我，静夜仰视满天星斗时，依然爱轻轻地、轻轻地吟唱："天顶一粒星，地下开书斋……"

于是，仿佛又是儿时，依偎于母亲柔怀，甜甜的。

考试弦外音

在学校读书，离不开一次又一次的考试，一旦告别学校，许多人大概不会记得当年是怎样应付那么多紧张的考试的吧？

对于我来说，所经历的频繁的大中小考试，大多早已淡忘，唯有两次考试，至今仍记忆犹新，而且每一想起，心里头总是别有一番滋味。

那是我念初中的时候，有一次新学期开始后一段时间，我完全放弃了数学课，原因是太过偏爱文学，几乎把全副精神都贯注在阅读文学作品和练习写作上。每逢上数学课，我不是偷偷打瞌睡，就是"偷梁换柱"堂而皇之看课外书。

其时刚新来一位数学老师，姓王，年轻，讲一口海南腔浓浓的国语，外表威严，对学生可是很温和的。他上了几个星期课后，有一天突然来了一次未经预告的临时考试，他说："这叫作突然袭击。"我接到了试卷，只能对着它发呆……

我僵直地坐着，一分钟就如一个钟头那么难挨。实在无法挨下去，我提起笔在试卷上面写道："试题一个也不会做，偷看又没本领，只好白卷交上，请先生原谅就是了。"硬着头皮交上去，回座位拿了课本簿子走出教室，偷眼望一望，发现王先生正对着我的试卷发出不易觉察的苦笑。

翌日，王先生把试卷一一分发还给学生，唯独没发还给我，我怔怔地不敢正眼望他。王先生开口了，他提了我的名字，我想，一定是要对我大加责备。可是，不，王先生不但没有责备我，反而称赞我诚实，并且把那几句"打油诗"念给大家听，接着，一方面表示对我的惋惜，一方面表示自己的歉意，说是对班里几个数学课较差的学生关心不够。由是，他宣布从明天起开补习课，每天下午，由他义务上课，学生自由参加。

我抱着愧疚的心情参加了补习，在王先生谆谆辅导之下，终于不久便赶上全班同学的步伐。学期考试，数学成绩优。一同参加补习的七八位同学，也个个获得喜人的硕果。

往事如烟，但我永远不会忘记这一次的考试和考试后的补习，更不会忘记王先生的教导有方，他的威严和他的慈爱，他的宽宏和他的认真负责。他给我上的虽然是数学课，而我的所得，岂止于数学课！我学到的更多是做人的道理。

另外一次难忘的考试，是我高中毕业的时候。在举行毕业典礼的会上，我虽然也和班里同学们一起手捧文凭端坐在礼堂里前排的椅子上，虽然也和大家一样手捧文凭合照毕业留念照片，其实，我捧着的文凭是"借"给我的，开完会，照过相，便须还给学校，候待体育课补考及格了才有资格真正获得这十二年寒窗的毕业证书。

那时，体育室主任是沈先生，我问他为何我的体育课不及格。他说，你体育旷课节数太多，本来不能毕业，学校特予通融，准许你参加补习，补考及格后发给毕业证书。我据理力争，我说我没旷过体育课。我那么多次没去参加体育活动，都是为了出版毕业纪念刊到印刷厂去。沈先生问："你意思说是有公事，是吗？那你为什么不请公假？"——我无话可说。

为什么不请公假，于今回想起来，还不免有点耳热。我那个时候真是太过自负了：我想我是班里的主席，又是毕业刊的主编，既然是公干去了，请假不请假有什么了不起？级导师是疼我的，校长也喜欢我，可都不同意我如此目无尊长、目无校纪的行为。让我补考，算是分外开恩了……我接受了这个"惩罚"——我当时认为是沈先生有意对我以补习和补考作为惩罚手段。

和同班同学旅行参观回来，我得每天早晨到学校补上体育课：长跑，跳高，跳远，推铅球，掷铁饼，单杠，双杠等，每天一小时，连续如是进行一个月，终于取得体育补考及格的成绩，领取了在当时对我极为重要的毕业文凭。

文凭是由体育室替我保管着的。沈先生郑重其事地把它送到我的手上，然后请我坐下，倒茶让我喝。直到此时，他才向我讲明，他之所以非要我补课不可，不仅因为我旷课节数多，而且有更为重要的原因，是要使我的不重视体育受到一次教训。沈先生语重心长地对我说："你看轻体育，是不对的。要为国家为社会出力，学问好，知识好，还需身体好啊！"

我不免愕然：沈先生怎么看到我的肚子里去了？他似乎看出我的疑惑，说道："我早看出你有重文轻武的思想。你记得你写过一篇文章，发表在去年学校运动会特刊上吗？你在文中有所流露。当时我曾想约你来谈一谈，可惜只是想了想而已。要是先与你谈谈，或者你就不必再补考体育了。"

我想起来了。我发表在学校运动会特刊的那篇文章，确实表露了只有读书才能救国之类的思想……但是，我不觉得自己有什么错。沈先生见我沉吟不语，也不再说什么。我有礼貌地向先生道了别，心里头还认为他未免小题大做。

走出校门以后，我终于认识到我当时重文轻体育的错误，沈先生是对的！他对我的严格要求，并不是惩罚，是教育，他那样做，对于我，有着深远的意义。随着岁月的增长，我越发明白到强健体魄的宝贵。一个人，要在社会上做事，要对国家有所贡献，学问知识固然重要，身体条件同样重要。还有，我的自高自大，亏得那次的教训，才不致踏入社会以后膨胀成痼疾。而我至今坚持不懈地晨运晚操，健康带来了朝气和乐观，这，更加使我时时思念沈先生，我尊敬的老师。

花儿谢了明年还是一样开

贝加尔湖是

我们的

母亲

她

温暖着

流浪汉的心

我轻轻地哼起数十年前的这首歌曲。

蓦地，耳旁回响起几个熟悉、浑厚而清润的男中音：

为争取

自由挨苦难

我

流浪在

贝加尔湖畔……

仿佛，滑进了时光隧道。

那一晚，月正圆。雪亮银光吻着我们四个小青年，为我们即将各奔前程而柔情万缕。我们围坐大理石小桌，话已谈得很多很多了，于是沉默。有一人唱起"贝加尔湖……"，继而四人齐声抒怀。静寂的夜，安谧的渔村一角，歌声显得分外缠绵悱恻。

第二次世界大战结束后不久，我们四人有缘千里相聚于香江，跟许多东南亚各地华人青年一样，被一个共同的理想牵引到一起，考进了新办的学院。其时，新加坡的雄读经济，菲律宾的谷读政治，越南的琦读文哲，我则读新闻。四人四个系，却因住同一宿舍而成好友。

正埋头于意气风发和充满幻想的勤奋中，学院突然被当局着令停办……学子们各个分飞，有的匆匆，有的从容。月正圆那晚，我们四人约会于渔村，在凉亭中作分别前长叙。别时容易见时难，何日何地再聚首啊！

北上的北上，南往的南往，只有我，留在香港。别后各未通信息。怎个通法呢？谁也没有谁的通信处呀！

然而我莫能淡忘，临别前夕，在静寂的夜，在安谧的渔村，在雪亮月光中，齐唱"贝加尔湖……"的深情。

好多年后，我回到泰国，相继辗转得到谷和琦的片音零讯，知道他们对国家对社会，分别有过不小的贡献，也知道在动荡的年月中，尤其是史无前例的风暴里，像许多归侨一样吃过难以描述的苦头，受过种种离奇的折磨……历史终又予他们以公道。抹去创伤，他们又投身革新的热流中。我曾到北京人民大学会晤已是名教授的琦，到广州侨办探访任处长的谷。唯独得不到雄的音信，甚至连他去过哪里现在何处都无所知。雄啊！你是否还在人间？

思念，思念，啃骨啮心的痛苦思念，有时半夜啃得我猛然坐起，望向窗外一轮明月，身旁又回旋起"贝加尔湖……"，心，直往下沉……

做梦也想不到，在新加坡举行的第五届亚细安华文文艺营的最后一晚，雄突然出现在我眼前，令我惊喜得几乎发疯。

已是入夜十一点多了，有人轻敲房门。我开门，一位头发灰白的高个子向我伸出手，不吭声。我伸手握住，问："先生找谁？"

这一声问，不得了！客人伸出左手，把我紧紧抱住。正惊愕间，他喊道：

"四眼羊！"

"狗熊！"我也认出雄的声音了。他叫得出同窗时我的小名，我当然没忘记他的绰号。

进得房，他唱：

贝加尔湖是

我们的

母亲

我马上紧接：

她

温暖着

流浪汉的心

两个老头，一下子变回青年小伙子，握手，拥抱，跳
跃，笑，流泪⋯⋯

雄这回是到新加坡谈生意。老双亲去世多年，唯一在世
的姐姐去了澳洲。他是读到报上有关文艺营的报道，发现泰
国代表团中有我的名字，不知是否同名同人，问得我住房号
码，便深夜来探个究竟。

我们直谈至东方发白。刚好与我同室的邻国代表先回
国，我和雄，再疯狂也无所顾忌。渔村叙别后，雄这几十年
来的遭际，真可写成一部感人至深的小说。土改时他被送回
乡受农民管制，因为他祖父有田地，祖父母已去世，父亲在

新加坡经商，只好由地主孙去顶替接受改造。他让我看他身上的伤痕，又伸出手掌，十根指头被吊得现在还不能直……幸而后来改划为华侨地主，又再改划为华侨工商业。20世纪50年代中期，有机会去了香港，从低层做起，吃得苦中苦，终于办起了自己的一家大企业。

我听得目瞪口呆，为他的受苦喊冤，为他的终于发达欢呼。可是，令我更加目瞪口呆的是，近几年来他一而再再而三捐款到家乡去，建学校校舍，建宗族祠堂，建文化宫，建儿童游乐场，等等。他语气平淡，却充满欢愉与自豪。我终于按捺不住了，站起身，厉声问他：

"你还给家乡捐款！你在家乡苦头吃得少吗？"

他也站起身，却不是争辩，而是伸手在我肩上轻轻一拍："坐下，听我说。"

他也坐下，不急不缓的几句话，竟然把我霍然而起的无名火浇熄了。

"我家乡几千人，那年斗争我的就只那么一二十个。我为了一二十个人的盲目，便抛弃全部乡亲，对吗？"

我默然。

他又说："何况，那一二十人，当时不得不那么对我。民兵嘛，得听命令……文化低，盲目。每思及此，我觉得更非多捐些钱不可！办教育，提高新一代的素质。"

我豁然开朗，豪情骤发："来！干一杯！"

干杯再干杯。他问起谷和琦，我说早已离休，抱孙子享清福了。

雄说，有机会四人约齐再到老地方去，赏月，唱歌……

老地方？还在吗？然而我还是点头："好吧！"

酒喝完，天也大亮。我刚唱出了"贝加"，雄即示意停住，带头唱：

　　太阳下山

　　明早依旧爬上来

我加入齐唱：

　　花儿谢了

　　明年还是

　　一样地开

不如归

又遇见她。这回是在小公车上。

也不知为什么她眼睛如此锐利,记性如此得好,竟然认出了我。

"欧先生!见到你真高兴!"

在她左边座位上的青年,起身让我坐下。我谢过了,坐到她的身边。一时间翻遍脑袋中的人名卡,就是没有翻到她的名字。

"欧先生,你记不起啦?上次你还请我吃鬼刁……"(把"粿条"说成"鬼刁")

想起来了,两个月前,不,该有三个月了吧,在挽叻一家大洋行地下超级市场,她用华语叫我"先生",我闻声立定,她走近来:"真高兴,遇到懂得华语的先生。"

她把一张信纸递给我:"先生,我要到这两个地方,不知怎样去,请你指点一下。"

接过来一看，写的是泰文。一处碧甲盛，一处素坤逸，都是进了小巷后还得再进更小的巷，三言两语讲不清。我说："找个地方坐下来，我跟你讲得详细些。"

就近进入一家小餐室，要了汽水。然后像对小学生上课一样，什么地方搭第几路车，什么地方下车，转搭哪一路车……讲得又详又细。可糟，越详细她就越混乱，瞠目结舌，只有摇头叹气。我想了想，说："看来还得坐的士，有泰文地址，能到的。"

她又是摇头，终于说："不怕告诉你，我……没钱……"

好不容易听清楚了，她住在蓝绿那儿一个女子公寓，今天一早出来溜达，走呀走的到了挽叻，想买点东西，一掏，钱包不翼而飞，又惊又懊恼，一时急中生智，想起身上有这两个地址——几天前妈在信中附来的，说有必要时可以去拜访。原想问清楚了走路去，现在才知道不单得乘车，而且要转车再转车，急得眼泪就要掉下来……见她没钱吃午餐，我也正该用餐，便叫了两碗粿条，请她一起吃（这就是刚才她所说的"还请我吃鬼刁"）。一面帮她设想下一步怎么办。最后，确定先帮助她回公寓去。

此事过后，我一直没放在心上。想不到这回同坐一辆小巴士，而且她一眼就认出了我，叫我"欧先生"，她说她高兴，我也感到高兴。我告诉她我姓欧，却没有请教过她的名字。此刻正想开口问她，车子突然大跳特跳，跳得乘客的五脏六腑都乱了位置，跳得我说不出话。车慢下来，我见已到站，对她说"我到了"，站起身准备下车。她也站起来说："我也下。"

我让她先下，她站住等我下了车，说："不如去喝咖啡吧！反正我就要回去啦！"

"回哪里？"

"苏州。"

在咖啡室中一个清静的角落，我静静地听她诉说。

她来自苏州（我在心里赞她：难怪这么美！），数月前在上海经朋友介绍认识了一位泰国华商。是这位商人帮她来了曼谷，说可以为她介绍合意的工作。她说："事实上，他给我租了公寓，又先支给我一笔可观的薪金，对我可真不错。然而却只是安顿我坐在他的经理室中，跟人说我是他的私人秘书……"

我正想说："这职位不错嘛！"却听到她激动地说："我发觉他别有用心，有妻有儿，却要我……我向他辞工。"

"找到别的工作吗？"

"我读的是图书管理学，看来在此地不容易找到适合的工作。上次遇到你，是我最狼狈的时候，身无分文，从早上到中午未吃过东西。谢谢你帮助了我。特别谢谢你给我叫的士，给我车资……"

"那时候我以为你……"不好意思说下去。

"以为我是个捞女（女骗子）？也难怪。像呢！跟一个不认识的男人一起，被请吃饭，像呢！其实出于不得已。我看得出你是好人，善良。"

　　"现在怎么有钱买机票？"

　　"妈妈托人捎来了。她说什么地方都没苏州好，不如归家，免得双亲挂怀。"

　　"上次要找的人找到了吗？"

　　"找不到。不找了，反正我得回老家。"

　　"哪一天走？"

　　"下星期二。"

　　"可惜我没时间去送机。"

　　"不敢劳你的驾，我会永远记得你，欧先生，你真善良，助人为乐，值得尊敬。"

　　出了咖啡室，分道扬镳。上得公车，猛然想起，这回又没问她的名字。

他日太空减肥

朋友 B 君，年届不惑，身体越来越胖，满身脂肪要将皮囊撑破。

为了减肥，他吃了不少苦头。

吃的苦头虽多，体重却不肯下降。

每次见到 B 君，他总是愁眉苦脸，唉声叹气。

昨天见到 B 君，见他满脸是笑。想问他为何开心，他抢先向我说："告诉你，我用不着再受苦了！"

说罢，让我看一封信："这是在美国的一位朋友写来的。"

来信告诉 B 君一个好消息，美国的"星网结构"公司，决定于 2020 年在离地面二百八十英里的太空建立世界第一间太空度假减肥中心，人在太空中处于失重状态，自然而然减肥，皮肤皱纹会消失……

我问："你打算……"B 君抢着答道："从今天起，我打算放开肚皮吃，吃到 2020 年，上太空度假减肥中心。"

夜街一角

夜幕降临的时候，猫婶就来到这街角。

这里是唐人区商店密集的一条狭窄的街，其实是巷，车辆根本不可能通行。白天，来此寻猎购物的人们，摩肩擦背，拥挤得水泄不通。一到晚上，所有店门铺窗都上了锁，四处便显得寥寥寂寂，若不知此地的盛名，乍一看会以为是个荒废的市廛。

每天，在这空落冷寂的时候，猫婶瘦瘦的身躯，便幽灵似的出现在这街转弯角落。

刹那间，一群像她一样瘦瘦的猫儿，便争先恐后地走向她，又叫，又跳，又转圈子，把她团团围住。

猫婶站下来，把一个袋子放在地上，然后蹲下身，打开袋子，伸手掏出一把又一把的食物，分发给围着她叫个不停的猫群，喵喵之声戛然而止，一群小精灵或蹲或站，或半蹲半站，乐滋滋地，享受起美好餐点。

猫婶分发完毕，开始享用自己的一份晚餐。她打开另一个袋，取出一包饭菜，打开了，用手抓着吃。

　　猫儿们先后离去，最后一只离去的时候，猫婶也进完了晚餐。她颤颤地站立起来，环望一下四散而去的猫儿们，翕动干瘪的嘴巴，喃喃自语，接着凝神远望，似有所思，似无所思……

　　猫婶又移动衰弱的脚步，走出这条白天沸腾拥塞晚上冷寂静谧的狭窄街巷，幽灵似的消失在苍茫夜色之中。

　　自从我搬到这狭窄的街后一条巷子里居住以来，每天都看见猫婶和群猫一起进晚餐。猫婶这个名字，不知是巧合呢，还是人们见她如此爱猫而给她起的花名，横竖也没有人有那么大的兴趣去考证。人们告诉我：她在这里出现，至今已有数年。

　　人们也只是像我一样，在夜幕降临的时候便看见她幽灵似的出现，在这街角与猫们聚餐后，又幽灵似的蹒跚离去。

　　我很想打听猫婶的身世，但是，问来问去，所能得到的只是：她孤苦伶仃，有过丈夫，生过两个儿子，但丈夫抛弃了她，她含辛茹苦抚养大了儿子。品行较好的阿大，刚刚能自立谋生的时候死于十轮车下。自小便像野马一样的阿细，还未能自立便染上毒瘾，几年前行凶被捕判了刑，刑满后便去向无踪，是生是死，猫婶也一点不知……

　　人们告诉我的，就只有这些。

我很想找个机会，去接近这个虽在人世间，却又不似在人世间的孤单老妇。有几次，我鼓起勇气，走近前去，叫道："阿婶……"她好像没有听见。我再叫一声，她略为抬起头，向我一望，嘴巴翕动着，似说话，又似没有说话，旋即又低下了头……我终于不得要领。

我曾拿钱给她，她双手颤抖着接受了，干瘪的嘴巴翕动着，似表示感激，但听不清她说什么。我又无从询问了。

我终于打消向猫婶探问她的身世的意图了。不是我知难而退，而是不愿引起她的悲伤。

猫婶看来一天比一天更衰弱更委靡，但依然在夜幕降临的时候，便幽灵似的来到这白天热闹晚上寂寥的狭窄的街。跟她为伍的，依然是与她一样瘦瘦的一群猫儿。我曾经数过，有十四只。

芒果飘香的时候

芒果飘香的时候，她又来到这榕树下。

每天凌晨和黄昏，她独自一人，飘然而来。有时伸手挽着老榕树低垂的长髯，有时倚着他粗壮的躯干，有时坐在树荫下平坦而光滑的大石上，默默地向着村口伸出去的红石小路，凝神眺盼……

她在等待谁呢？

在榕树旁花间翩飞的蝴蝶问她，她沉默。

在榕树枝头憩息的小鸟问她，她无语。

只有老榕树在太息，他知道。他拂动他的长髯，抚摸着她圆圆的脸蛋，摩挲着她油亮的秀发，低吻着她噙住泪珠的双眼。他说："孩子，别发愁，别失望，别悲伤，他会回来的。"

老榕树说得很低很低，她听不见。

她默默地默默地望向村外的远方。

她的心，飞到沙特，那遥远的国土，那陌生的石油产地。她想象不出那儿的景象，但心，还是一劲往那飞，飞……

前年，他走了，芒果飘香的时候。

她算着日子，看着芒果树又开花，又结果实，一年过去了。她重新算日子，芒果树再度开花，令人垂涎的肥胖香果压得枝丫沉沉，她又来到这榕树下，望向村口的红石小路。

一天又一天，她在这榕树下，对着朝霞祈祷，向着月亮许愿：……

"可是，他知道这儿有个人在等他吗？"

"他带走我的心，可是有没有把我这颗心装进他胸中呢？"

老榕树忍不过，又开口了："你没向他说，他怎么知道啊？"

老榕树声音很轻很轻，她没听见。

"不过，"老榕树还是不能不说，"待他回来，你赶快向他表白。"

她仍然没听到，然而她有自信，她愿意等待，一天两天，一月两月，一年两年，等待他归来的身影。

她独自一人，凌晨，黄昏，来到榕树下，凝望远方。

她等待着他，芒果正飘香。

曲成泪溅《卖花词》

夏之秋先生为潘受先生作《卖花》谱曲，深受学生感动，大哭一场。

我在《抗日救亡歌声》（见 1999 年 12 月 15 日《新中原报》大众文艺）中提到，我做小学生时和同学们上街卖花筹赈：

当时为了向广大侨胞广泛募捐支持抗日战争，学校每逢纪念日，便组织学生上街卖花。花是我们用花纸和铁丝扎成的。冒着当空烈日，冒着急骤阵雨，我们穿着校服，抱着贴有"南侨筹赈总会"封条的募捐箱，汗流浃背地穿走大街小巷，向行人，向商店卖花，请他们把钱币投进募捐箱。一面行进，一面齐声唱：先生，买一朵花吧！先生，买一朵花吧！……

几十年过去了，当年上街卖花的兴奋情绪似仍在心头，全首歌词也仅记得"先生，买一朵花吧！先生，买一朵花吧！"尽管如此，我对这首歌，总是旧情深深。可是，说也奇怪，我从不曾想要知道这歌曲的作者是谁。一直到五十几年后的近日间，才在一个偶然的机会，得知作曲者和写词的两位前辈的名字。

那是1998年5月间的事。其时我到新加坡探望姐姐。寒川抽时间陪我出游，并特地带我去参观正在展出的《潘受遗墨展》，获赠《潘受诗集》一册。回到曼谷后，这厚厚的一本诗集精制本，一直放在我的写字桌上，闲时翻读。数天前一个深夜，睡前顺手翻书，刚好拿到手的是这本诗集。翻着读着，忽然全身似触着电流，我猛然坐正，把令我惊喜不止的一段文字，重新细细阅读。《赠夏之秋绝句二首》上首："狂寇江山半壁颓，图存心胜是兵哀。鸡鸣海外天如晦，一片歌从武汉来。"后面有注："中国抗战军兴，君率武汉合唱团男女三十人于一九三八年杪南来，在新马各地演唱宣传抗战，先后筹得新加坡币二百余万元，由筹赈会汇交中国行政院救济难民。"下面一首诗是："谱将战斗流离曲，曲曲秋声壮且悲。我亦偶然成附骥，满街儿女卖花词。"后面注：

　　君为名作曲家，战时所作如《歌八百壮士》《最后胜利是我们的》《思乡曲》等，并悲壮博高评。余

写词君制曲之《卖花词》，盖为新马男女学生卖花募
前方战士寒衣而作，一时街头巷尾争相传唱，至今
中国各地犹偶一闻之……

终于在诗集中找到了《卖花词》：

先生，买一朵花吧！
先生，买一朵花吧！
这是自由之花呀！
这是胜利之花呀！
买了花，救了国家，
先生，买一朵花吧！
先生，买一朵花吧！
不是要你爱花，
不是要你赏花，
买了花，救了国家。
先生，买一朵花吧！
先生，买一朵花吧！

当年，唱着《卖花词》奔走大街小巷卖花募捐的激情，
至今仍在胸中荡漾。那时候年纪小，不知道，也不会去问
作词者作曲者的名字。后来升上中学，夏之秋先生率武汉合

唱团到新马，激起了热火朝天的抗日豪情，但是我只知夏之秋，并不知道《卖花词》是他作的曲——竟然要到了六十年后才得知。夏之秋先生谱《卖花词》时，曾哭泣过。潘受先生在《武汉合唱团演唱会五首》中写道：

卖花词为劝输将，制曲人曾大哭一场。不料今宵王妙想，遏云声化百花香。并注：女高音王静瑄独唱《卖花词》。夏之秋嘱余作《卖花词》，以写当时新马男女中小学生热烈响应筹赈会卖花募前方将士寒衣之号召，而自作曲以谱之。自云：深受学生感动，曾大哭一场……

真想不到，当年我们兴奋奔走欢快唱着的歌，谱曲者曾经激动得放声大哭。这情怀，这激奋，我想，大概只有我们经历过抗日战争的这一辈人，才能够较为真切地体会吧！

废话学会会长辞职

崔大立荣任"废话学会"会长

"A 国 B 市废话学会"隆重举行成立典礼。全体十二位会友，准时到会。

当选首届会长的崔大立在掌声中登台，洋洋洒洒讲了"废话不废"的论证，作出"废话不可废"的结论，鼓励众同仁"群策群力发扬光大废话的社会功能"云云。

崔太太打电话至 C 国 D 市

"表妹！好消息！大立当上会长啦！他想当会长想了不知多少年，如今神明保佑他当上了。大立昨晚打了二三十通电话，告知远方亲友。今天一早就出门去印新名片，说要印五彩……"

崔太太再打电话至Ｃ国Ｄ市

"表妹哟！不是好消息。大立不当会长啦！颠三倒四，做梦也梦着当会长，当上了，却只一星期便辞掉了……你问为什么？有个好友告诉他一个机密：税务局正在拟订征收会长税的条例……税收多少？据说四位数……哎哟！大立又嚷头痛啦，我得马上给他拿药。拜拜！"

入会

Ａ国Ｂ市"废话学会"会长崔大立兴冲冲地走进会场。他有一个好消息要向会友们宣布。

噢！差点忘了，崔大立不是被选为会长后，一闻知当局正讨论起草征收会长税的条例，而急忙辞职了吗？确有这回事。不过，不久他收到那位通风报信的密友一件传真，说又获得内部消息，将规定会员超过一百名的才征收会长税。读了传真，崔大立的病霍然而愈，一跃起身，接连打出十一个电话，告知诸会友："废话学会"当选会长决心收回辞职书，决心当个好会长。

此刻，崔大立向会友们报告好消息："收到一份入会申请书。"他提高嗓音宣读了申请书。接着，把嗓音再提高八度："这里附有一篇文章，足以证明他备有充分入会条件。请大家静一静，听我朗读。题目是'作家的神圣责任'：

"我们知道，作家一定要懂得写文章。作家写文章，所以叫作作家。作家不写文章，怎么可以叫作作家？

　　"文章有好多种体裁。作家写什么体裁都可以。可以写散文，可以写诗，可以写小说。写得好，就是好作品。

　　"人，生活在社会上；作家，也是生活在社会上。人，对社会有责任；作家，对社会也有责任。作家，一定要负起神圣的责任。"

　　全文读毕，会场上响起掌声。全体会员（包括会长）齐齐举起十二只手通过入会申请，齐齐赞曰："精彩！"

废话何以不废

　　W君新近加入"废话学会"，正想找机会表现他对废话这门学问的研究心得，刚巧接到会长崔大立一通电话，邀他出席今晚的座谈会——主题"废话何以不废的我见"。W君素来讲究守时，定八时开始的会，他七点五十五分乘电梯上了会场所在的酒店第五层。

　　端坐在会场入口处的K君——现任废话学会秘书——站起身，彬彬有礼地伸出右手："欢迎！欢迎！你今天好年轻哟！"

　　签名后，W君左顾右盼，发现此时到会的仅有K君和自己两人，便在签名处的桌旁拉张椅子坐下，暗自回味"你今天好年轻哟！"的甜素。咀嚼一番，心中乐滋滋一番。曾听一位极有名的文人说"如今七十并不稀，八十尚是小弟弟"，年近古稀的他，当然比小弟弟更小弟弟了！"昨天在耀华力（曼谷唐人街）碰到老李，他不也是说我看来还不上六十

161

吗？"——怎能不相信朋友客观的观察呢？

沾沾自喜间，只见 K 君又立起身，与阔步前来的老张握手："欢迎！欢迎！你保养得真好，年轻多啦！"

W 君起身想随老张同去。此时来了年纪比 W 君和老张都大的老李。K 君双手合十："沙哇哩！你今天简直是个青年啦！"

W 君入座坐定，再一次反刍早间被赞年轻的甜味儿，虽然似乎有点走样。

会场数排长椅，尚有一半空着，且崔会长也未出现，估计再有一段时间座谈才开始。趁此空儿，W 君从衣袋中取出一本小簿子，有数页记着他要发言的资料——那是从朱自清的《温静人生》一书的《论废话》中摘录下来的。他架上老花眼镜，再一次细读"人生其实多一半在说废话……得有点废话，我们才活得有意思。"他拿出红笔，在句子下面画了杠杠。

猛然想起心中曾被充电一般的感触，W 君笑了，对自己说："是了！何必去辛辛苦苦找寻资料，引经据典？这心头的甜味不是比摘抄来的证据更适合作证据吗？"

敬请庞博士任顾问

"废话学会"会长请了庞博士到会做专题演讲:《月亮与爱情》。

不知是讲题吸引人,还是博士头衔吸引人,会场座无虚席。

庞博士在热烈掌声中阔步登台。

各位女士,各位先生:

我讲月亮与爱情。为什么要讲月亮与爱情呢?因为月亮与爱情关系太密切了。

我想在座各位必定都见过月亮。月亮形状多种多样,圆形的,半圆形的,肥弧形的,瘦弧形的,全亮的,半亮的,像玻璃的,像铝片的,有图案的,空白无图案的。

为什么要讲月亮与爱情呢?首先,得弄清楚爱情是什么？弄清楚什么是爱情？爱情，爱之情也，或曰有爱有情也。道理极简单，爱生情，情源于爱。其次，得弄清楚月亮与爱情的关系。月亮与爱情，其关系非常非常之密切。有月亮的地方就有爱情。爱情的激发与升华，离不开月亮纯洁的光华。

我的讲话到此完毕。谢谢各位！

庞博士在热烈掌声中缓步走下讲台。

会长上台："谢谢庞博士为我们做的精辟至极的讲学。演讲会圆满结束。现在我代表学会，敬请庞博士任我们'废话学会'顾问。"

一阵更加热烈的掌声……

喜讯

昨晚，"废话学会"会长崔大立一连打了二十通电话，通知会友们："明晚集会，有喜讯宣告。"

此时，会长走上讲台，宣读曾于不久前来访的 Z.M. 先生发自 H 城的传真：

我想，能够进入"废话学会"的人都极为不简单，不是什么人都可以想到、组织并将之实行的。我的论据（也许是唯一的论据）是，我们每天说的基本上都是废话，而要从废话中提纯废话，作为"废话"的谈资，是极为困难的。再者，要在极少的不是废话的实话中，再严格区分废话与实话，也是极为高难度的。

座中陆陆续续打起哈欠。会长连敲五下桌子，声音提高八度：

"听着，听喜讯！ Z.M. 先生说，'H 城废话协会'已经成立了，'废话协会'——他们不叫'学会'叫'协会'，即'H

城废话协会'。'H 城废话协会'的诞生，说明废话学问深不可测，说明废话学问货真价实，说明废话学问值得探讨，值得钻研，值得发扬光大，值得……"

掌声截断了会长的讲话。有人认为会议到此圆满结束，起身做出离座架势。会长崔大立忙用手势阻住，兴奋万分地宣告：

"H 城废话协会及诸理事明天将来访问我会，各位请拨冗往机场接机。明天下午 4 点，国泰航班。"

翌日下午，阳光灿烂，机场人进人出，一片忙碌气氛。崔大立和几位会友耐心等候。终于望见 Z.M. 先生：高高的个子悠然走来。数只手臂伸向他，握了再握。崔大立抢先去提行李，然而迟迟不开动步伐……终于按捺住，问 Z.M. 先生："你是会长吧？理事先生们没与你同机？"

Z.M. 先生彬彬有礼答道："我是会长。'H 城废话协会'会长一人，是我；高顾一人，是我；会员一人，是我。走吧！上你的车去。"

大头舍减肥

大头舍减肥，越减越肥。

为什么？

因为他高薪请了一位专工监督他减肥的私人秘书。

因为领他的高薪专工监督他减肥的那位秘书恰巧是我。

那一天，大头舍给我来电话，约我到他家中洽谈我求职的事。

"我正需要一位私人秘书。"我刚坐下，大头舍就开门见山，"很简单，再简单没有了！你每天自早到晚，跟住我，监督我吃东西。不得到你准许，我一粒米也不落喉，知道吗？"

于是，从抽屉取出一张表格，交给我，是医生为他设计的每天饮食品物及定量表，从周一到周日。

"你收着。"大头舍说，"负责检查品种和定量，同时监督我进餐。只许减少，不许加多！"

接着，他说出了一个令我惊喜不已的月薪数字，言明任期半年，如果我工作认真，半年期间成功减肥，将可得到一笔够买一辆多腰打的奖金。"明天刚好1号，你就从明天开始监督吧！"

一辆美轮美奂的私家车，有多美！我当然要绝对忠诚，万分认真，全力以赴，铁面无情地尽我秘书的严厉监督的职责。别说仅仅加以限制，必要时让我拿刀子来帮他削下些肉来，我也会干的。

第一天，工作顺利，大头舍乖乖地服从他私人秘书的统治，按医生拟定的量进餐。

第二天，大头舍不如第一天那么乖了。晚餐时，吃完了还想要——我这是从他两只饿狼似的眼睛中看出的，可他似乎颇有毅力，把如火的食欲压下去了。

第三天，问题来了，午餐时大头舍的血盆大口把小小一盘饭和两碟素菜吞没后，对我说："你太辛苦啦！我要请你吃鹅肉。"

我高高兴兴地买了一大盘香喷喷鹅肉回来，正担心我自己一人如何对付得了，大头舍取出一瓶佳酿，说：

"来吧！不要客气。"

我忘记了我应尽的责任，两个人，在酒和鹅肉的香气中大乐。

第四天，大头舍又有新的花样，豪爽地请我吃猪蹄，大蟹大虾，还有甜品；酒，不用说，都是上等的。他如此盛情，我却之不恭。他陪着我，难道我忍心叫他光着眼看着我一人享用吗？两个人，一胖一瘦，又一次同乐。

……

干了一个月，我领了应得的薪金，依依不舍地告别了大头舍。

大头舍实在非常想减肥，可我上任私人秘书时，他是一百五十基罗①，我卸去这高贵的职位时，他是二百基罗。

---

①基罗，kilogram，千克。

大头舍重金再聘我当秘书

  大头舍请我任"减肥秘书"，因越"减"越肥而把我辞退，我一直想写封抗议信给他。可写来写去，老是词不达意，未能写成。

  一天，忽又接到大头舍的电话："再来给我当秘书吧！待遇更优厚。"

  条气（潮汕话，指气）尚未顺，想不理他。然而"更优厚"的吸引力，到底把我吸了去。

  这回给我的待遇果然比前优厚多多，而且即说即给我先发一半。

  指明给我的光荣职责是：健身秘书。具体点说，大头舍决定每星期做三次健身，由我陪他运动，或者协助他运动。

  第一天"上班"，大头舍说要练泰拳。

  我说恐怕不行。泰拳，我虽常看，却从没学过。再说，大头舍那么大块头，一拳就会把我砸扁……

"我不出重拳。"大头舍说，"这样吧！薪金加一倍，如何？"说毕，又即先付我应增的一半。

刚开打，铁塔似的庞大躯体，一撞就把我撞得四脚朝天，满天星斗；铁一样的两臂，拥抱得我几乎休克……

带着周身的剧痛和满脸的青肿回到家中，立即给大头舍去电话"拜拜"。

幸亏先领了半份厚薪。

济济闯祸

大头舍来了电话："快来……"

真不想去，陪他练泰拳得到的周身青肿，尚未全消，去干什么！然而，听筒传过来的声音，似是病人的呻吟。恻隐之心，人皆有之。好吧，先去看看再说。

大门开着，来不及按门铃，径直穿过庭院，也忘记脱鞋，便跨进客厅。天哪！我发觉两脚陷落水中，水深及踝。

"你来了。请坐！"

顺声望过去，大头舍坐在厅右角一把交椅上，神情沮丧。我照他手之所指坐到沙发上。

"你把济济带回去吧！"大头舍半请求半命令地说，"你看，"他指着满厅深可及踝的水情，"你看济济闯的祸！……"

济济是一只极聪明极伶俐的小犬，地道泰国种，才一岁，非常懂人性，教它什么，一下子就学得漂漂亮亮。表哥送给我时，它才断了奶，我装在小手提袋中提回家。接着，教它接抛物，教它跳栏，教它寻东西，无不一学就会，而且有所发挥。月前大头舍偶然见它，立即为它的机灵而向我硬要了去……

可，济济怎么会闯祸呢？

大头舍说，千不该万不该，教它学会开水龙……济济确确实实了得，一教就会，一会就精。大头舍只消一个手势，它就照所指方向跳向水龙头，用口咬住一旋，水便奔流而出。大头舍乐得呵呵笑，济济乐得蹦蹦跳。

济济开水龙开上了瘾，新村中几乎每家屋子前院都有水龙头，只要它进得去，它就兴高采烈地去旋开它……天天有人来找大头舍投诉济济的恶作剧，大头舍口头道歉，内心暗自赞济济。

谁知闹到大头舍自己头上来啦！在这之前，济济曾趁大头舍出门时进冲凉房咬开过数次水龙，好在地上有洞口出水，也没什么大不了。然而这一回，冲凉房出水洞不知怎么淤塞了，水溢出客厅，泛滥成灾。宽广一座陶豪（即别墅），只住大头舍一人，我说："幸得你回家早，否则更可怕。"

"已经可怕了……"大头舍有气无力地说，"你看，我和人家签订的合同，全坏了……"我顺他所指望去，果然有一沓文件，被撕得稀巴烂，加上水浸，看样子真的全坏了。

"济济呢？"我问。

"绑在后面……看老朋友面上，帮帮忙，你把它带回去吧！”

　　我说：“不——”却把下面“行”字吞下，改说：“不要急，让我回去考虑考虑。”

小精灵窃鞋

　　大头舍向来不喜欢养宠物。自从好友大目送来一只白色黑花点的小狗以后，他开始转变了态度，继而日深一日喜爱起这只精灵的小狗了，并为之取名"小精灵"。

　　有一天，大头舍心血来潮，顿起训练小精灵捡鞋子的雅兴。搬来一张大藤椅，摆在屋前院子中间，又搬来十几双鞋子，放在椅子前面，胖墩墩的躯体塞在椅上。吹一声口哨，小精灵应声奔来，对大头舍摇头摆尾，舐手舐足。大头舍提起一只红色拖鞋向左方掷去，伸手拍拍小精灵的头，指明方向，一声口哨，小精灵果然精灵，向被掷落地的红色拖鞋追去，快速利落地把猎物衔回来邀功，获赏饼干一片……如是演练再三再四，左抛右掷，前掷后抛，小精灵连连建功，一次又一次上缴战利品，一次又一次荣获嘉奖。

　　数日后，大头舍外出归来，进门不禁呆若木鸡。

　　呈现在眼前的是，院子里像仙女散花一样散落着一只只鞋子，各款各式，大大小小，五颜六色……

尽管大头舍平日不善动脑，此时不太动脑也可猜得出："小精灵小巧玲珑，左邻右舍好多家即使关门，它也可以从院子前铁栏杆大门钻进去，快快乐乐衔鞋归来。"

然而，大头舍就是不解：小精灵怎么不怕邻居们的恶犬呢？可怜小精灵没学会讲人语，否则，它会告诉主人，它选择钻进去的十多家都没有养狗。此刻，小精灵正大摇其尾巴，向大头舍讨赏。小精灵虽然精灵，可它怎么猜得到：眼前大头舍脑海里翻腾的波涛，是如何向诸家失鞋的左邻右舍解释清此宗窃鞋案件的原委及其……

附录

艺术良心，幽默传人

——泰国华文作家老羊访谈

林焕彰

泰华资深名作家老羊，从事文学创作长达六十余年，堪称泰华文坛宝刀未老的常青树。诗、小说、极短篇、散文、杂文、评论都是他的擅长。他为人风趣，幽默是其特色之一。本访谈录，在他八十华诞前夕完成，有相当分量回顾他从事文学成长的历程，特具有深长的意义。

启蒙恩师：林道隆

林：您何时开始写作？可曾受到什么样的启发？在新加坡求学时是不是您的文学启蒙期？

老：我的文学启蒙时期，是在新加坡求学的时候。从小学到高中毕业，我各科成绩，国文最好。教我国文的老师，都喜欢我这个弟子。

爱好写作，始于爱好读课外书。读高小一年级的时候，从上海运到新加坡的读物日益增多。书价一折（或叫作减九十保生），定价一元只售一角。一部《三国》，一部《水浒》，不过一两角钱。我每天把零用钱储起来，待至储得一元几角，便喜冲冲到书局买书。一次抱回七八本，五六本。那时候，什么都看，《大红袍》《小红袍》《七侠五义》《西游记》《封神榜》《包公案》《施公案》《征东征西》《老残游记》《浮生六记》，等等。

启发我爱好写作的老师，有好几位。这里只谈两位：一位是高小一年至毕业的级主任林道隆先生。一位是当时马华名作家洪令瑞先生。临毕业时，我和同班同学张鉴生发起在校外组织一个读书会，会员二十人左右，同班之外，还有不同年级不同学校和英文学校的同学。读书会定名"学友协进会"，会址就设在我家。想不到竟然引起林道隆先生的特别关注，把他从中国带去的两大皮箱文学杂志赠给我们，于是我们便有一个别具一格的小图书馆。那么多的杂志，都是上海有名的文学刊物：《小说月报》《东方杂志》《文丛》《作家月刊》《中学生》《文学季刊》……我初读茅盾的小说，就是从《东方杂志》读的《春蚕》《秋收》《残冬》。

林道隆先生介绍张鉴生和我去拜识洪令瑞先生。

洪令瑞先生，用笔名"山兄"、"王端"、"赤脚"、"半呆"，等等。喜写杂文。他也很关心我们的读书会，还把我们自编自印（油印）的文学刊物《学友园地》拿到社会上去让一些作家看，还介绍我和张鉴生去参加"韩江励志社"办的文学座谈会。张鉴生和我的一些习作，也就开始在华文报的文学副刊上陆陆续续出现。

自此之后，我和写作，结下了不解之缘。

旺盛时期：80年代

林：您写作最旺盛的时期是在哪个阶段？当时的泰华社会、文艺环境有哪些特别有利的风气？

老：很难说清楚我写作最旺盛的时期是在哪个阶段。因为我似乎未有过一个最旺盛的阶段，倒是有若干段较长时间停了笔。

许静华女士在她的《泰华写作人剪影》一书中谈到我的一段话，或许可以说明那段时间是我写作最勤的时候。她写道：

> 自80年代起，老羊先生简直是写作圈中的发烧友，他的作品散见于曼谷各大华文报文艺副刊。"大众文艺"版有他的文艺评论、小说、散文；"新半岛"的"冷热篇"专栏更有他的杂文；《世界日报》"湄南河"副刊也有他的散文、诗歌……还有经常刊于《中华日报》"华园"版的散文、杂文，"文学"版的文艺评论。老羊的作品曾在其他报刊上刊出多少，我没有统计，但我知道，自1983年开始，至目前为止，他在《中华日报》"华园"版及"文学"版发

表过的文章，约八十余篇。除此之外，他尚有不少
作品发表于此间报刊。这七年多来，老羊先生的作
品，至少应在二百余篇之数，说他多产，当不为过。

静华女士提及的 1983 年至 1990 年间，我发表文章的篇
数有二百余篇，我自己没统计，我相信这个数目是接近事实
的。

关于此一时期泰华社会、文艺环境，方思若先生在第二
届亚细安华文文艺营讲过："80 年代初，是泰国华文文艺的
复苏期，最主要的原因是，当地出现了较宽松的民主政治环
境，泰华写作人协会这个不成组织的松散组织，也是在这个
阶段出现……自此之后，泰华文坛在主客观有利条件下，明
显地比前活跃，也出现一片欣欣向荣的景象。"

林：新诗、散文、小说、杂文、评论等各种文类，您都
擅长；在表现上，知性、感性您都可以驾驭自如。在下笔之
前，您是如何来决定所要创作的文类？其感性和知性又如何
拿捏？

老：一般上，我在下笔之前，是根据题材和想要表达的
中心思想决定文类的。如何拿捏？很难用简短的话说清。请
让我想到什么就提什么吧！

抒发感情，我多会考虑写散文或散文诗；故事性强、有

情节有细节可以写成小说，而且必须写成小说才足以达到写此篇的意愿，就考虑写成小说；批评社会丑恶现象，我多会考虑写杂文；有时对某事物个人情感特别强烈，我会请诗神来帮助我写诗——但写得不好，所以不敢多写。

有的时候，想好要写的体裁，下笔后会改而写别的体裁。顺便举个例子。有一次，我想写一篇杂文，讽刺社会上某些迷信活动。我认识一个老人，他妻子在生时渴望乘一次飞机，老是没机会。待到她亡故之后，他定制了一架纸扎飞机（当然有驾驶员）焚烧拜祭。我打算以此事写起，讽刺某些人的迷信和迷信行业。构思过程中，我越构思越同情那位老人，终于笔尖蘸了情感的墨汁，写成一篇极短篇，题"机票"。大意是，文中主人公记着他妻子多次要求坐一次飞机，有一天终于决心去订购两张飞国内的机票。那天早晨正为可以去旅游公司订购机票而沾沾自喜，猛然楼梯传来巨响，跟他相守数十年的老伴从二楼楼梯跌落楼下，进医院后成植物人，不久便与世长辞。接下去我写道：

"老伴静静地走了，不觉一别已是五年。

"明天是清明。两天前一个老友替他为老妻买了一张机票，说是上了飞机，想到哪里都行。

"回到家中，越想越觉得有什么地方不对：'只一张机票，两张才对呀！应该我陪她……'

"上了床，合眼再想，方觉朋友考虑得周到。'冥府机

票。阴阳相隔，我怎能跟她同坐一机呢？'

"今年清明比往年提前一天，不是4月5日，是4月4日，天才透亮，他的儿子便开车来载他上山庄。

"凝望着化成灰蝶白蝶纷飞的机票，他轻声嘱咐：'你自己上机吧！到哪里你自己做主。你走好！……'"

林：自上世纪80年代起，您在泰国华文报纸副刊文艺版，如"大众"、"新半岛"、"文学"、"华园"、"湄南河"等，几乎都有作品发表。就您的记忆和观察，当时整个泰华文艺界有什么特别的气象？您最怀念的是哪一个副刊？它有些什么特别的地方？与编者有何特别的关系？

老：所提几个副刊，我都喜爱。几位副刊编辑，都是知名作家，各有所长，各有其风格，共同的特点是，编辑工作诚诚恳恳，认真负责，爱护泰华文苑，爱护泰华文友。我对几位编辑先生都敬重。

写作如吸鸦片

林：您视"写作"如吸鸦片，会上瘾；是什么原因使您对"写作"有如此的感受？请谈谈您对"写作"的深刻感受。

老：所谓写作如吸鸦片，这是许静华女士在《泰华写作人剪影》中写到我时提到的夸大形容。记得我在她面前提起时，大概只是一时慨叹于走上写作这条路，便不得不辛辛苦苦走下去。

对于写作，我感受很多。我曾想写一篇短文，抒发此方面的感想，大意是苦与乐的交融。我想说，写作苦，写作也乐。我想说，快乐并非全在于完成或发表一篇作品以后，在写的过程中，就有苦与乐的交织。写作有时写得很快乐。写作有时写得很苦，此苦是自愿得到的苦，此苦其实也是乐，乐在苦中。

想写这一感想的一篇短文，想了很久，一直未执笔写出。现在用以作答，不知可对题？

林：您认为"写作"的最大目的是什么？最大的挫折又是什么？

老：我在上面说过，年轻时把写作看成很了不起，对文学作品所能发挥的感染作用估之过高。历经岁月磨炼，我渐渐明白，文学有影响力，但绝不如我年轻时所想象的那么巨大。

要简要而明确地说出我写作的目的，相当不容易。我只能说，我的目的，是为了抒发胸臆，表达我的思想感情。我要以我的作品，为文艺百花园增添生气，愿五彩缤纷的花果促使人们更加热爱人生，热爱生活，与人为善，助人为乐。

林：作为一个"写作人"，您会不会后悔？为什么？

老：我曾不止一次好长时间停笔，然而到底割不断写作的情丝，略为后悔后又后悔不该后悔。为什么呢？我想是出于我对文学对写作的入迷。

所以不后悔，还有一个重要原因。我要感谢我的内子。数十年来，我俩风雨同行。数十年来，她一直是我作品的第一个读者和批评者。数十年来，她不时对我督促，给予我鼓励与支持。我在写作上辛勤耕耘的一些收获，其中都有着她关爱的心露。

热爱幽默文学

林：您的作品具有幽默文学的特色，是否与您个人的人生观有关？您对"幽默文学"有无特别的喜好？这方面是否值得提倡？您最推崇的"幽默文学"作家有谁？他们的作品对您有何影响？

老：我喜欢幽默的作品。鲁迅先生的杂文，幽默手法十分高明，嬉笑怒骂皆成文章。小说中也有不少幽默叙述和描写，《阿Q正传》最有代表性。我推崇的幽默文学作家有好几位，给我印象最深的是老舍。念初中时，学校的图书馆很大，我几乎天天进去借书。有一段时间连续读老舍的小说，《赵子曰》《二马》《老张的哲学》《猫城记》《小坡的生日》，高中时又读《骆驼祥子》，等等。还有一些外国作家，如美国的马克·吐温，幽默手法，可惊可叹。捷克的《好兵帅克》

（作者名字一时想不起，记得译者是萧乾）其幽默令人喷饭，内容令人深思又深思。

我写作上定然受到前辈作家和同辈作家的影响。不过，很难说清楚，谁的作品给了我什么具体影响的痕迹。写作上的影响，是潜移默化的。多位作家的作品，给我营养，湿润我心田。

杂文创作：受益于鲁迅

林：曾在您的一篇近作（极短篇）中，提到"废话学会"，我觉得很有意思，也很感兴趣。泰华社会或文艺圈，是否真有此类组织？其宗旨为何？有哪些成员？又做了哪些活动？还是您创作时的一个"理想组织"，纯属乌有？

老：所谓的"废话学会"，纯属子虚乌有。至于这个名称的产生，却颇有趣。近几年来，数位老文友与我，常到奇石馆聚谈。主人好客，有热茶，有点心。热茶点心当然会引发出不少话题。有一天，我们发觉，我们高谈阔论，海阔天空，谈来谈去，废话所占比例甚大。然而却又发觉，说说废话倒也有趣。为此，我曾根据朱自清先生一篇文章，写了一篇《废话不废》。随后，又来了灵感，以乌有的"废话学会"为轴心，写出几篇极短篇，先后发表在"湄南河"副刊上。

林：您早年写的具有讽刺性的杂文，为何未再继续发挥？年轻时，您是否曾从鲁迅的文风受到启发？

老：讽刺性杂文，现在偶尔也写，只是不多。

年轻时我喜欢读鲁迅的作品，他的创作小说和翻译小说，我都读。他的散文，他的杂文，我大多读过。有的作品不止读一遍，有些句子或段落，还做背诵。读多了，应当是会受到或多或少的启发与教益的。记得年轻时写杂文，曾有意无意模仿鲁迅的文笔，甚至学他把"介绍"写为"绍介"。现在回想起来，当然觉得当时幼稚得可笑，不过其中也包含着学习写作的一种用功。

潜移默化与艺术良心

林：您认为文学有无社会功能？作家应该对社会尽到什么样的责任？

老：初学写作时，并没有特别注意到社会功能的问题。其时只是出于爱好。由爱读而学写，而渐渐爱写。年纪虽轻，倒也已知道必须有感而发，言之有物，不可无病呻吟。

高中毕业以后，踏进社会，才接触到文学的社会功能问题。我也渐渐相信文学有其社会功能，却还未曾将这个功能看得很了不起。

后来，由于某些原因，曾一度也跟人大讲特讲文学的社会功能。似乎作家能扛起整个社会，因此作家的作品功能极大，也因此若写得不得当，会有反作用的功能，那么，作家的过或罪，也就不小了。

历经沧桑，我终于悟到，不必要过分去强调、夸大文学的社会功能。文学艺术的作用，是潜移默化，而且是好多作品融合的潜移默化。很难明确指出，哪一篇（部）作品起的何样特定的影响。再说，同样一篇（部）或一批文学作品，不同读者有不同的感受，所受的影响也可能会不同。我也曾想，如果文学作品的社会功能似某些人所谓的那么大得不得了，那么，世界早就可以大同了。

我认为，作家要注意到文学作品的社会功能问题。作家对社会对国家有其应尽也可以尽的义务，但绝不能拿作品数量来计算所尽责任与义务的大小。都德一篇《最后一课》，就这一篇作家发挥的作用大得难以计算。有的人写了数百篇，其发挥的社会功能，影响的深度广度，远不及都德的一篇。

请让我摘录巴金先生的话，与文友们共勉："对一个作家来说，更重要的是艺术的良心。"

林：有一个老掉牙的话题，即"为艺术而艺术"和"为人生而艺术"。您有何看法？

老：中国自古以来，提倡"文以载道"。我想这就是提倡"为人生而艺术"。

作家为人生，当然要有一颗爱人类爱社会爱国家爱生活的真心。有此真心，才能以文载道，我想这载道，也不必弄得太玄。只要能鼓舞人向上，鼓励人向前，鼓励人为社会为国家为人类做贡献，鼓励人们乐观热爱生活，对人友善，助人为乐，等等，为文所载的道也就有内容有意义了。

然而，仅仅一心一意要以文载道，而缺乏好的表现艺术，则只是空洞的说教而已。所以必须讲究艺术。

我未曾深入细致分析什么作品是"为艺术而艺术"。一个画家画了一幅荷花图，画得美，我们就欣赏。欣赏什么？欣赏它的美，欣赏其艺术。这艺术，为我们生活添加情趣与热力。那么，这到底是"为艺术而艺术"呢，还是"为人生而艺术"？其实两者皆在其中，因为画家艺术手法高，高妙的艺术令欣赏者由此爱大自然、爱生活、爱人生，那么，它就是"为人生而艺术"了。

我曾经跟着人喊口号，反对"为艺术而艺术"。而今感到，只要不是诲淫诲盗，美的艺术对社会是有贡献的。不必要随便责以"为艺术而艺术"而排斥之。

林：据说"亚细安文艺营"您每届都与会，以一个资深的"观察者"来看，这个文艺活动有哪些特色值得继续发挥？或该做些什么样的突破，才能具体有效地促进亚洲地区的华文文学的发展？

老：1998年12月，在新加坡举办第一届亚细安华文文艺营。会议决定各亚细安国家轮流主办，每两年一届。第二届1990年，在泰国。第三届1992年，在马来西亚。第四届1994年，在菲律宾。第五届1996年，在新加坡。第六届1998年，在泰国。第七届2000年，在马来西亚。第八届2002年，在文莱。2004年，印度尼西亚将主办第九届。

自第一届至第八届，每届我都参加泰国代表团前往赴会。

关于这个文艺活动的特性，新加坡骆明先生说得相当清楚：

亚细安的华文作家，有土生土长的，也有外来的移民，但他们都有一个共同点，即他们都能与所在国的人民共同生活，共存共荣，为了国家的前途而努力。现在衣锦荣归的想法已经很少很少了，他们想的、做的，都是如何在该地生根发展，如何让叶茂枝荣。

亚细安国家虽然有不同的国家，有不同的区域，有或多或少的语言文字、生活习惯上的不同，文学的表现手法、表见内容也多少因生活、习惯、区域等的歧异而不同，但是一般大家都在表达自己所在国、所在地的生活面貌、生活特色，也就是说，大家都在尽量表达自己的风格、特色。……（骆

明:《请关注亚细安华文文学——写在老羊〈薪传〉
出版前》)

　　"亚细安华文文艺营"这个文艺活动值得发挥的特点，骆
明先生谈了。至于该做些什么样的突破才能具体有效地促进
亚洲地区华文文学的发展，我认为我们要重视文艺营的诞生
及逐渐长大，然而不可对之期望过大。亚细安华文文艺营是
一项颇有地方特色的文艺活动，但不是一个像协会、公会、
联合会之类的组织，而是一个松散的结合体。我个人以为，
能够依期每两年在其中一国举行一届活动，就算是不错了。
从首届至第八届看来，每届都作了各与会国华文文学活动的
交流以及专题研讨，从而起了互相了解、互相鼓励、共同促
进的作用，这是最主要也是最大的收获。此外，还出版过数
期亚细安文集，颁了三届亚细安华文文学奖，等等。这成绩
看来不大，但它很实际，很踏实，继续做下去，再加之逐渐
有所创新，那么，收获就会越来越丰盛。至于培养接班人，
开展各种文学活动，评选优秀作品，举办讲座、研讨会等，
由各国分别自行举办，更可行，更有实效。条件许可的话，
举办区域性的上述各项活动，是很有意义的，但毕竟难于定
期或连续性举行。

　　我比较保守。我感到很难订出计划去做出突破，以使有
效地促进亚洲地区华文文学的发展。我认为当前主要的是

脚踏本土。各国作家恳恳勤勤地在国内华文文学活动上做贡献，也就是为促进亚洲地区华文文学的发展做出贡献。

林：老羊先生，您从事文化工作已逾五十年，是泰华文坛相当资深的一位作家。在年轻的时候，您对文学有何憧憬？

老：我年纪很轻时就喜欢文学。只是出于爱好，学写作也只是兴趣而已。大量阅读新文学作品，是在高小至中学的时候。抗日战争爆发，我从中国的文艺杂志，从新马的报刊，读到许多文学作品，不少在呼唤人们爱国抗日，投身救亡运动。从而使我初步认识到文学的巨大热力。我渐渐意识到文学可以救国，文学可以推动社会前进。巴金的《家》和他的好几部热情奔放的小说，更使我把文学对国家对社会的作用看得很重要。那时候，我有什么憧憬呢？回想起来，一是希望自己能长成一个作家，二是希望能写出巨著而推动国家社会迈向光明途程——年轻人大概总会有什么狂热的。不过，那时候我并不以为谬。

林：对泰华文学的发展，您既是参与者，也是见证者。泰华文学史上的每一位作家，其辛苦耕耘与收获，都是值得珍惜的。请您以一个先行者的身份，对泰华文学未来的发展与期许，提一些明确的建言！

老：泰华文学一直在发展。众多作家为色彩缤纷的园地呕心沥血，孜孜不倦日夜耕耘。随着华文的日见被广泛采用，希望泰华文学新的接班人会随之日见增多，茁壮成长。我相信泰华文学一定会随着历史河流健步向前，一定会有比当前更令人兴奋的新局面。

为儿童写作：极有意义

林：作为一个作家，最重要的工作使命，就是"写作"。也有人说，一个作家，在"封笔"以前，最少要为儿童写一本书，才算是真正的圆满。不知您未来是否也有这样的打算？

老：我喜欢儿童文学。年幼时爱读《小朋友》《儿童世界》。我学写作后，也写过几篇儿童文学作品，包括儿童故事和歌谣。能为儿童写一本书，肯定是一件极有意义的事。我如有精力，或许可以试一试。不过现在未有具体打算。